失恋オーナーは魔法使いの愛にほころぶ

「ほら、航」

　口を開けろ、という意味だろうか。航は少々戸惑ったものの、ヒューバートの魅惑的な微笑や、その呼び声の、独特の響きの深さに、ふわりと酔ったような気分になり、いつしか唇を開いていた。

失《しつ》恋《れん》オーナーは魔《ま》法《ほう》使《つか》いの愛《あい》にほころぶ

高《たか》原《はら》いちか

ILLUSTRATION：古《ふる》澤《さわ》エノ

失恋オーナーは魔法使いの愛にほころぶ

LYNX ROMANCE

CONTENTS

失恋オーナーは
魔法使いの愛にほころぶ

それは、今現在、二十代半《なか》ばのサラリーマンになった航《わたる》にとって、少し昔の、学生時代の思い出だ。

——紅茶占いに興味はございませんこと？

イギリスの片田舎《かたいなか》の村で、素朴なティールームをひとりで切り盛りしているらしい老女は、スコーンと紅茶の軽食を食べ終えたばかりの航に、古風な響きのイギリス英語でそう尋ねてきた。

『あなた、東洋《アジア》から来られたおかたでしょう？　せっかく遠い国からこんな田舎にまで足を延ばされたんですもの。旅の思い出に、この国に伝わる古い占いをしてさしあげましょうか？』

サービスですから、料金は頂戴《ちょうだい》いたしません。お心づけのチップで結構ですよ、と老女は付け加えた。突然の申し出ではあったが、航はそれほど驚かなかった。店内にはおびただしい種類の乾燥ハーブの瓶詰《びんづめ》や、光をはじく水晶玉、表紙に魔法陣の描かれたルーン文字の古本などが堂々と陳列され、入ってきたときから一見して代々の魔女の住処《すみか》という感じだったし、イギリスには、キリスト教伝来以前の素朴なまじないや民間信仰が、まだあちこちに生活の一部として存在していて、魔女や魔法使いも実在したということは、以前祖母から聞き知っていたからだ。紅茶占いも、どうやらこの老女の、「魔女」としての嗜《たしな》みのひとつであるらしい。日本《にほん》で言えば手相見のような感覚だろうか。

一年半の留学期間の修了記念に、イギリスが誇る美しい田園を旅して回っていた航は、『ええ、ぜひお願いします』と答えた。チップとはいえしっかり料金を請求されてはいるのだが、後々の話のタネになるなら、それほど損にはならないだろう。

すると老女は、小さな鼻眼鏡《めがね》をかけ、飲み干されたばかりの航の紅茶カップを取り上げて三度右に回すと、その底にわずかに残った茶殻《ちゃがら》をまじまじと見つめた。

『あら、あなた、何か強力な護符《ごふ》をお持ちじゃなくて？』

『護符？　お守りですか？　さあ……？』

老女の問いに、航は首をかしげた。イギリスに留学する前、友人や親せきから方々の寺社仏閣のお守りを渡されて辟易《へきえき》したが、それらはかさばって荷物になるからと、みんな日本に置いてきてしまったのだが――。

『ああ、そう言えば』

航はこぶしでトンと手のひらを打った。

『子どものころ祖母から譲られた古い真鍮《しんちゅう》製の鍵を、何となくいつも持ち歩くクセがあって、この国へも何となく持ってきてしまいましたが、もしかしてそれのことでしょうか？』

その鍵は今も、バックパックの一番底に沈んでいるはずだ。

そう言えば、あの鍵をくれた祖母は――と、航は古い記憶をよみがえらせ、老女に向き直った。

『マダム、ぼくの母方の祖母は、この国の血を引く人だったんです。しかも、今思い出したんですが、祖母の母、ぼくから見て曾《そう》祖母にあたる女性は、本物の魔女だったと聞いたことが』

するとマダムは、なるほど、と言いたげに重々しくうなずき、告げた。

『ではあなたが持つ護符には、この国の魔女の力がかかっているのね。それならありうることだわ。あなたはいずれ、その導きによって、とても素敵で情熱的な恋をすることになると出ていますよ』

『そうなんですか？』

　驚きながら、それは楽しみだな、と屈託なく笑う航に、老女は謹厳《きんげん》な顔つきで眼鏡をかけ直し、さらに告げた。

『――そしてそのお相手は、少し変わったところのある――そう、ふつうの人ではない、と出ていますね』

　航は今度は少し真顔になった。まだ誰にも告げていないことだが、自分の性嗜好《しこう》は、異性を対象としない。もし実現するのなら、その「素敵な恋」の相手とやらは、まず確実に男性だろう。「ふつうでない相手」とは、はたしてそこまで見通した上での答えなのだろうか――。

『そうですか、待ち遠しいですね。その人と出会える日が』

　航はお愛想を言い残し、チップを含めたお金を払って、そのティールームを去ろうとした。すでにチケットを買ってある特急列車の発車時刻が迫っていた。

　すると、ほとんど同時に、店の裏手のドアから、『失礼します、マダム・アルバータ』と呼ぶ声が聞こえた。青年の声だったが、その姿は、謎のアイテムがごたごたと並べられている陳列棚が障壁になって見えない。

『先日注文しておいたピンクフラミンゴの脂《あぶら》と、カナリーヤシのエキスを受け取りに来たのですが』

　古典的かつ正確な、宮廷作法のようなイギリス英語。だが、航とさほど年の違わないであろう、若々しい声だ。老女は航が支払った紙幣と小銭を勘定する手を止めて、『はあい、ちょっと待ってね、

ヒューバート』と店の裏手に向かって応じた。

――ヒューバート。

どうやらティールームとは別口の客のようだ。長居をしては迷惑になる。航は『ありがとう、スコーンも紅茶もとてもおいしかったです』という挨拶《あいさつ》と共に、その古風な、けれどイギリスの田園にはありふれたティールームを、素早く後にした。

リーン……と、不意に高らかに澄んだ音が鳴ったが、航はそれを、ドアベルの音だろうと気にも留めなかった――。

――それから数年後。

見渡す限りの東京の街すべてを、うららかな春の日和《ひより》が満たしている。

航は勤務先の会社の屋上で、ぼんやりと日の光を浴びていた。その眼前に掲げた指先では、はちみつ色の小さな半透明の石が、太陽の光をキラキラと反射している。石と短い鎖で繋がれているのは、にぶい金色の残った真鍮製の古風な鍵だ。

航は留学時代のことを思い出していた。この護符が素敵な恋を導き寄せると、あのティールームのマダムは予言したっけ――。

「――全然、当たらなかったなぁ……」

持ち方を変えて、石の部分をつまみ、しゃらん、とぶら下げる。

「よう、灘《なだ》」

航を姓で呼びつつ、背後から近づいてきた男が告げる。

「何だ？　それ。ずいぶん趣《おもむき》のある鍵だな。もしかして、例の恋人に関係のあるもんか？」

「先輩……」

航は振り向くその瞬間、鬱陶《うっとう》しそうな顔をしないよう、気を遣わなくてはならなかった。この先輩は、航に「彼氏」がいたことが知られて以降、終始微妙な空気が満ちている職場で、航と距離を置かずにつきあってくれる唯一の人だ。貴重な「味方」を失うわけにはいかない。

「いえ、そういうわけじゃないんです。何か御用ですか？」

航はさりげなく鍵をポケットに仕舞《しま》いながら尋ねた。

「御用ってほどのことはない。ただお前が、ここんところ毎日昼休みになると、ひとり屋上で時間を潰していると聞いてな、ちょっと心配になっただけだ」

「……」

なるほど心配って、そっちのほうの心配か。別に屋上《ここ》から身投げするつもりなんかないんだけどな。

などとちょっと拗《す》ねた気持ちで考えていると、先輩はさりげない口調で問いかけてきた。

「やっぱり、あれか。まだオフィスは居心地が悪いか？」

航は「ええ、まあ」と自嘲《じちょう》気味に応じた。

世界的に、性的嗜好の多様性が尊重されるようになった昨今、コンプライアンスがきちんとした会社であれば、同性愛者であることが暴露された程度で、社員が解雇されることなどありえない。けれどやっぱり、よからぬ好奇心を含んだ目で見られたり、給湯室での噂《うわさ》話のネタにされたり、年配の上司からチクリと小言をくらったりするような小さなトゲは、避けようがなかった。

そんな状態が、もう一年になろうとしている。思えば何とあっけなく過ぎ去ってしまったことだろう。

航と似たような感慨を覚えたのか、先輩もまた青空を仰いだ。

「今さら言っても仕方のないことだが、お前さんの彼氏もなあ、わざわざ取引先のうちの会社にあらぬ関係の暴露メールを送り付けるなんて、何を考えたんだか。やっぱりあれか？　左遷《させん》同然に海外に飛ばされることが決まって、自暴自棄《じぼうじき》でお前さんを道連れにしようとしたのか？」

「さあ……」

航は無気力に首を振った。この人に悪気はないのだ、とわかってはいても、あらぬ関係、という言葉に、一年前に味わった、深い穴の中に落ち込んでいくような感覚が、ついよみがえってしまう。あのとき、航は上司にいきなり呼び出され、「きみ、取引先のあの人とそういう関係だったのか？」と厳しい口調で問いただされたのだ。そのとき上司が浮かべていた嫌悪の表情は、なかなか忘れられるものではない。

「……ぼくも、彼とは充分にうまくいっているとばかり思っていたのに、どうしていきなりこんな仕打ちを、って戸惑《とまど》って、あれこれと憎まれる理由を考えたんですが、もう今となっては確かめようがありません。メールも電話も、連絡手段は全部断ち切られて、住所もとうに赴任先へ移っていて、勤務先の会社にも、個人情報保護を盾に教えてもらえませんでしたから」

　青い空高く、飛行機が一機、白い雲を引いて直線に飛んでいる。

「どうしてあんなことをしたのか、本当にぼくを自滅の道連れにしようとしたのか、それとも何かの間違いだったのか――彼をつかまえて問いただしたい気持ちはありますけど、そんな遠くまで追いすがって行くほどには、もう情熱も恨みも残ってない――ってところですね」

　まあまた、気晴らしに趣味のひとりキャンプにでも行きますよ、と答え、航は笑ってみせた。それを見て先輩は、何ともかける言葉もない、という顔をする。

「灘」

「はい？」

「その……な？　こういうとき、趣味に耽《ふけ》るのも悪くないが――それより、また恋をしろよ」

　先輩は、航と並んで屋上の柵に寄りかかりながら、唐突にそう囁《ささや》いた。

　風が、さあっと晴天を薙《な》ぎ払っていく。

「このさい、男でも女でも、好きになれる相手なら誰でもいいさ、また恋をしろ、灘。そうすりゃ、ろくでもない恋の思い出とも、きれいさっぱり手を切れるってもんだ」

「それ、先輩の経験ですか？」

「うるせえ」

既婚者である先輩は、そう悪態をつくと、左手の、やや輝きのにぶくなった指輪に青空を映しながら、伸びをして背を反らした。

「まあ、人生の先輩からのおせっかいだと思って聞いておけ。苦い恋の思い出は、いい恋をすることでしか断ち切れないってのは本当だぞ」

航は「ははは」と虚《うつ》ろに笑った。

「傾聴しておきます」

丁重に答えつつ、考える。

そろそろ潮時かな――と。

この会社は、表向きには、社員のセクシャリティを懲罰《ちょうばつ》の理由にしない、という姿勢を見せているが、かといって航の前途が以前と変わらず洋々かと言えば、それはやはり厳しいものがあった。ありていに言って、もう出世の芽はなくなったと見るべきだろう。そろそろ決断を下すべき時期かもしれない。

航のスマートフォンが着信音を立てたのは、傍らの先輩が、「さ、そろそろ戻るか」と声をかけてきたときだ。

航は先輩に目で断ってから、スマホをタップして電話に出る。「はい」と応じると、聞こえてきたのは、実家の母の、硬い声だった。

『航？　実はね、今……』

「え……？」

航は絶句し、次の言葉を、無意識のまま口走っていた。

「春子《はるこ》ばあちゃんが……？」

その瞬間、リーン……と、高らかな音が鳴った。

それは航の胸ポケットの中に収まった、真鍮製の鍵についた、はちみつ色の石が鳴る音だった――。

＊　＊　＊

イギリスの春は遅い。

三月の声を聞いても、海辺を吹きすさぶ風は、氷の刃《やいば》で肌を撫《な》で斬られるかのような冷たさだ。

一分の隙もなく喪服を身に着けた白人の青年がひとり、その冷たい潮風の吹きつける、荒涼とした墓地にたたずんでいる。まるで金粉をまき散らすかのような豪奢《ごうしゃ》な金髪が特徴的なその姿は、手にした瑞々《みずみず》しい白ユリの花束がかすむような優雅さだった。堂々と胸を張った体格と成熟した色香は、三十手前というところだろうか。

「ごめんね、みんな。しばらく来られなくて」

彼が片膝をついて花束を捧げる墓石は、計四つ。ひとつは他のものより若干古びているが、どれもまだ潮風に傷んだ様子はなく、刻まれた文字も鮮明だった。

「父さんと母さんには、まだいい人のひとりも連れて来られないのかって怒られちゃいそうだけど――」

ひゅぅ、と風が吹く。

「でも、仕事は順調だし、元気にやっているよ。安心して、父さん母さん、ソフィア、グレース」

そのとき不意に、まるで中世音楽のような素朴な葦笛《あしぶえ》のメロディーが鳴り響いた。

それは金髪の青年の持つスマートフォンの着信音だった。取り出して、通話ボタンをタップすると、かけてきた相手の声が呼びかけてくる。

『今、少しお時間よろしいでしょうか、ミスタ・ヒューバート・クレイトン』

ニュース番組のアンカーウーマンめいた正確なイギリス英語が、美貌《びぼう》の青年の名を呼んだ。

「ああ、すまないが、少しあとでかけ直してくれないかな？　これから場所を移動するから……」

スマホで会話をしつつ、ヒューバートという名の金髪青年は、マジシャンのような優雅な動きで右手をひるがえす。

するとその手に、シュッ、と音を立てて、一本のホウキが出現した。どこといって特徴のない、ただの庭掃きホウキだ。

しかしそのホウキは、青年が手首の優雅な動きで命じるままに、ぴたり、と水平に空中で止まった。

青年――ヒューバートはスマホを仕舞うと、そのホウキの柄《え》に腰を下ろしながら、「じゃあみんな、またね」と墓石に手を振る。

するとたちまちホウキは、美しい金髪の青年を空に持ち上げ、そのまま音もなく寒風を切り裂き、彼の体を墓地から連れ去った。

地上からは豆粒ほどにしか見えなくなったその姿が、大空に華麗な軌道を描いて飛翔してゆく。

地上の墓地では、白ユリの花束を包んだセロファンが、海からの風に吹かれてカサカサと音を立てていた。

＊＊＊

春子ばあちゃんとは、航の母方の祖母のことだ。本当の名は、松永《まつなが》春子。

すでにかなりの高齢で、足腰が弱り、認知症も進んでいたため、ここ十年ほどは、もともと暮らしていた家を離れ、老人ホームで生活していた。

その祖母が、いきなり何の前触れもなく死んだのだ。自分の名も忘れるような状態だったとはいえ、まだまだ身体的には元気だと聞いていたのに。

あまりに急なことで、祖母の実娘である母も、娘婿にあたる父も、そして孫の航も、じっくりと悲しみに浸《ひた》る暇もなく、あわただしく通夜と葬式を済ませた。

そして火葬、骨上げ、前倒しの初七日法要までの一切合切が済んだその夜に、弁護士を名乗る男性が、『ごめんください』と訪ねてきたのだ。

まだ喪服も脱がない父母と航の三人を前に、その弁護士が言うには、春子媼《おうな》は、認知症を患《わずら》う以前、施設に移ると決めたころに、遺言状を作っていたとのことだった。

松永春子名義の銀行預金や株、松永家が所有してきた債券などの処分方法が細かく指定してあったが、その中で航の目を引いた事柄がひとつ。

曰《いわ》く、「旧松永邸、通称カモミール・ハウスは、松永春子の外孫である灘航に相続させ、オーナーとする」——。

そして遺言状には、それとは別に、屋敷の維持管理について心得書き風に記した航宛の手紙がついていた。航が困惑しないようにという配慮からか、祖母の物柔らかな字で、あれこれと細かいアドバイスが書き連ねてある。

それを一読して、航は困惑した。

困ったことがあれば、ここに連絡するように、と記された住所と電話番号は、イギリスはロンドン、しかも個人宅のものではなく会社のものだった。しかもその会社名が——。

——マジックドラゴン魔法使い派遣会社……?

航はただ目を丸くしている。祖母は正気でこれを書いたのだろうか？　と思わず疑っていると、航の母は、遺言状を読むなり顔をしかめて、愚痴《ぐち》を垂れ始めた。

『そんな……あんな辺鄙《へんぴ》な場所の、しかももう十年も放ったらかしの屋敷なんて、今さら何の価値もないわ。取り壊して更地にしたって、廃村同然の田舎の土地なんて、売れるわけもないし、余計な税金を取られるだけよ』

『まあまあ、母さん』

それを制止したのが、温厚な性格の父だ。

『あの家は、大正《たいしょう》以来の由緒ある屋敷じゃないか。それに航にとっても、子どものころの思い出のある家だ。お荷物だと決めつけないで、とにかく一度、航に見に行かせたらどうだ？』

母は夫の言い分に、不承不承、『お父さんがそう言うなら』とうなずいたのだった——。

——そういうわけで、航は有給休暇を取り、一路、祖母の遺《のこ》した旧松永邸、通称カモミール・ハウスへ向かっているのである。

アスファルト上に流れ出た土砂や、落ち葉が散乱したままの荒れた林道に、車はガタゴトと揺れる。カーラジオが最近流行《はや》りの、穏《おだ》やかな旋律の失恋ソングを流そうとしたので、航はすかさずスイッチを切った。

「……こんな悪路を運転中に泣いちゃったら、まずいからなぁ」

ハンドルを操りながら、苦い気持ちで、そうつぶやく。恋人とのことがあって以来、どんなに美しい曲でも、失恋の歌は素直に聞けなくなってしまった。

——彼のことが好きだった。本当に好きだった。それなのに、どうして……。

「……っ……！　ダメだ、思い出しちゃ……！」

もう、思い出すことも恨むこともしないと決めたじゃないか、と航は自分を叱りつける。

航の車は、ゴトンと揺れるたびにカチャカチャと金属が触れ合う音を立てた。趣味であるひとりキャンプにいつでも行けるよう、その道具がこの車には常にどっさりと積んであり、その中の携帯用調理器具の類《たぐい》がぶつかって音を立てている。それと、真空パックにした数日分の食料と、常備の調味料。アウトドア愛好者には欠かせない品々だ。

車はすでに周囲が山ばかりの土地を走っていた。母があんな辺鄙な場所、とこぼした通り、祖母の生家、通称カモミール・ハウスは、えらく遠方の田舎にあるのだ。たどり着くまでに、愛車を飛ばしに飛ばしても朝から夕刻近くまでかかってしまう。

おまけに傾斜もきつく、一応舗装はされているものの、流れ出た土砂や積もった落ち葉でタイヤが滑って、四輪駆動でなければ、とても走れそうもない悪路続きときた。

「趣味のドライブにはちょうどいい距離なんだけど……」

もっとも、昔はこの近隣にまで鉄道も敷かれていて、そう僻地《へきち》というわけでもなかったらしい。

くだんの屋敷を最初に建てたのは、亡き祖母春子の父にあたる航の曽祖父だが、当時山林王だった松永家は、東京から遠く離れた土地に、わざわざ欧州から輸入した建材を使って、贅《ぜい》を尽くした館を建てられるほどに裕福だったという。大正年間の話だ。

その邸宅の周囲には、山で働く人々とその家族が暮らす集落がいくつもあり、最盛期には映画館や商店なども立ち並んで、山の銀座《ぎんざ》、田園の浅草《あさくさ》と称されるほどに隆盛を極めたそうだ。

だが、今は航の母が言う通り、ただの田舎に戻ってしまい、見る影もない。安い輸入材木に押されて、国内林業が急速に衰退したからだ。

曽祖父が建て、その娘である祖母と、孫娘にあたる航の母が生まれ育ったカモミール・ハウスひとつを残して、周辺の集落も次々に廃村になった。今はわずかな数の住人が、山菜取りなどを生業《なりわい》にして、ほそぼそと暮らしているらしい。

かつて材木や山林労働者を運んだ鉄道もとうに廃線になり、行こうとすれば車を運転して林道を行くしかないし、行ったところで現地には泊まれる宿ひとつない。車中泊やソロキャンプの経験がある自分なら何とでもなるが、ペーパードライバーの母が近寄りたがらなかったのも無理はないな、と航はハンドルを操りながら思った。父は父で、家業を切り回すのに年がら年中忙しい身の上だし。

「そういう面では、やっぱり、書類一枚で有給取れるサラリーマンって、いい身分だよなぁ。そう簡単に辞めるなんて……」

でも、今の職場に、このまま居心地の悪い思いをしながらずっと居られるのか……とまたぐるぐる考え始めて、航は頭を振った。いけない。運転中に考え事は禁物だ。いくら対向車もめったに来ない田舎の道だからって……。

「あれ？」

航は首をかしげ、静かに安全に車を路肩に寄せ、カーナビと周囲の光景を見比べて、ブレーキを踏んだ。

しまった。やっぱり、考え事をしながら運転なんてするものじゃない。いつの間にか道を逸《そ》れてしまった。というか、ここはどこだ。

航は困惑した。廃村になってしまった集落の位置は、カーナビも表示してくれない。母が教えてくれた道順もはなはだ頼りないものだったし、航の幼少期の記憶に至っては、「何だか山と山の間みたいなところに家があった」くらいのものだ。

「ああ、困ったな――」

どうしよう。こうなったら勘の赴《おもむ》くままあちらこちら走り回ってみるか？　何かの拍子に木の間からちらりと屋敷の屋根が見えたりするかもしれない、などと思ったときだった。

いきなり、上着のポケットの内から、リーン……と高らかな音が鳴り響いた。警告のような鋭さはなく、やさしくやわらかい、慰《なぐさ》めるような音。

「えっ、何……？」

それはまるで、航に「早くおいで」と呼びかけてくるかのような音色《ねいろ》だった。

「ぼくを導いてくれるの……？」

ポケットの上から手を当ててつぶやくと、不思議に胸の中が温かくなる。航はブレーキを解除し、ゆっくりとアクセルを踏み込んだ。悪路にもある程度は対応できる愛車は、じゃりじゃりと土砂を踏みながら田舎道を進み始める。途中からひどく霧が濃くなり始めたが、不思議と、道から転落するかもしれないという恐怖や、この道でいいのかという疑念はかけらも浮かばなかった。

　そうして、落ち葉に埋もれた林道を三十分ばかり進んだころだ。

　車の前方で、霧の壁がぽっかりと割れた。まるで厚いカーテンが開いたかのように。

　そのカーテンの向こうに、やや色褪《あ》せてはいるものの、赤い三角屋根の洋館の姿が見えている。

「ああ、ここだ！　間違いない！」

　航は車を停めると、運転席の車窓から半身を乗り出し、胸いっぱいに山の空気を吸い込んだ。

　祖母の家。カモミール・ハウス。

　これこそ、航の曽祖父が、はるばるイギリスから嫁いできた花嫁のために、贅を尽くして建てさせた洋館だ。ふたりの間に生まれたひとり娘である祖母は、婿を迎えて生涯のほとんどをここで暮らし、祖母の娘である航の母も、結婚するまではこの家で育った。

　そして航もまた、幼少時代の一時期を、この家で過ごしたことがある――。

　航は車を降り、ばたりとドアを閉めて、霧の間から見え隠れしている屋敷の姿を眺めた。

　一歩一歩、茂り放題の雑草を掻き分けて歩きながら、航は脳裏の思い出と重なる部分を次々と発見した。ああ、あの庭に面したテラスには見覚えがある。それから、あの破風《はふ》についた屋根裏部屋の窓。あそこは小さいころの航の寝室で、あの窓から毎日のように種々のハーブの花が咲き誇るこの庭を眺めたっけ――。

（この家だ。確かに、ばあちゃんの家だ）

　感激が、ゆっくりと胸を浸していく。

「帰ってきたよ……春子ばあちゃん」

航はポケットから鍵を取り出し、厚く積もった落ち葉を踏みしめて、玄関へのポーチを昇った。真鍮の鍵からぶら下がったはちみつ色の石が、リーンリーンと鳴りながら、輝かしく太陽の光をはじく。

玄関の重厚なドアは、十年もの間手入れもされず、風雨にさらされっぱなしだったために、だいぶ艶《つや》が失せていたが、それでも上等の材木をふんだんに使った贅沢な造りのおかげで、侵入者を拒むように堂々と立ちふさがっていた。真鍮製の鍵穴も、黄金色が失せて黒ずんではいるが、健在だ。航はそこに、そろりと、けれど迷いなく、長年手元にあった鍵を差し込み、左に回した。

かちり、と確かな音と、手ごたえ。鍵と鍵穴が出会ったことを喜ぶかのように、はちみつ色の石がキラキラと光り、あの高らかな音がリーン……と鳴る。

重く厚い木製のドアは、放っておかれた十年の歳月が嘘のように、蝶番《ちょうつがい》が軋《きし》むこともなくスムーズに開いた。

「うっ……ぷ！」

だが航を最初に出迎えたのは、ひどいカビの匂いだった。思わず腕で鼻と口を覆いながら、ゆっくりと邸内を見回す。侵入者によって荒らされた形跡はなかったが、それでも邸内はあちこちが傷み朽ちている。

「ひどいな……」

航はつぶやいた。壁紙は湿気を吸って波打ち、べらりとはがれて垂れ下がっている箇所もある。蜘《く》蛛《も》の巣だらけの天井にも雨染みの跡が残り、絨毯《じゅうたん》は綿埃《わたぼこり》まみれ。蜜蠟《みつろう》を塗り込めて磨き抜かれ、飴《あめ》色《いろ》の艶を放っていたはずの建具も家具も、長い歳月に白茶けてかさつき、水滴が染みたような跡だらけだ。

「やっぱりこの山間部で、十年も風を通さずにいると、湿気の害がまっさきにくるんだな……」

かつては王宮のように豪華だったベルベットのカーテンは、湿気を吸って、まるでカビの培養場のようなありさまだ。そのたまらない匂いを我慢しつつそろりとカーテンを開いて窓から光を入れると、傷んだ壁紙にかろうじて残った華麗な紋様が、航の目にくっきりと見えてきた。

「あ……」

憶《おぼ》えている。そうだ憶えている。この豪華かつ緻密《ちみつ》な、草木や花をふんだんにモチーフにしたウィリアム・モリス調の模様。小鳥が枝に止まり、木の実をついばんでいる姿が、やや様式化されて描かれている。モダンながら古風さもあるデザインは、おそらく建設当時のオリジナルだろう。

航は「ああ」と声を漏らした。そうだ思い出した。母に連れられて初めてこの家にやってきたその日に、ぼくはこの小鳥たちと目が合ったじゃないか——。

それは、航がまだ小学校に上がる前の年だった。

航の父が思いがけず事故に遭《あ》って大けがをし、その世話に専念しなくてはならなくなった母は、自分の母親である春子に、一人息子の航を当面預けることにしたのだ。

別れ際、母は幼い息子の両肩に手を置いて言い聞かせた。

――航、お父さんのケガが完全に治るまで、おばあちゃんの言うことをよく聞いて暮らすのよ。いいわね？

そうして母は、自分の実家だというのに、邸内には一歩も上がろうとせず、いきなりくるりと身をひるがえして、あっさりと去って行ってしまったのだ。

――お母さん！

思わず後を追って玄関を飛び出た航が見たのは、母を乗せて走り去るタクシーの後ろ姿だった。捨てられた。お母さんはぼくを捨てて行ってしまった。航はそう思った。後年、もっと大人になってからは、事実は必ずしもそうではなかった、母としてもやむを得ないことだったのだ、と理解できたが、その当時の航には、それは無理な話だった。ショックで、航はその場に突っ伏した。

――う……うえぇぇん……！

地面にうずくまり、泣き出した航に、後ろから祖母がそっと手を差し伸べてくる。

――さあ、さあ、航、泣かないで。いいえ、泣いてもいいわ。泣いてもいいけれども、とにかくお家の中に入りましょう。みんながあなたを待ち焦がれているのよ？

みんな？　みんなって誰だろう。この家には祖母しか暮らしていないと聞いていたけれども、近所の人たちでも集まっているのだろうか。航はあふれ出る涙を袖口でごしごしと拭きながら思った。そして祖母のやわらかい手に促されるまま、立ち上がり、改めて邸内に足を踏み入れた。

そのときだ――。

壁紙の小鳥たちが、いっせいに、絵に描かれた小枝の間を飛び渡りながら、ピイピイと鳴き声の合唱を始めたのは。

――え、っ……えええ？

航は驚きのあまり、母と別れた悲しみさえも忘れて、声をあげ目を瞠《みは》った。

何が起こっているのか理解できなかった航の背を、祖母の手がそっと撫でる。

――ほうら、航。みんなあなたを歓迎しているわ。ねぇみんな、これがわたしの孫の航。この家の祖にしてわたしの母である、優美なるハンナ・ランズベリー＝松永のひ孫よ。仲良くしてあげてね？

壁紙の中で、絵の小鳥たちが、祖母の言葉に応えるように、ピイピイ、チイチイと鳴いた。

それが、航がその後、ほぼ一年間にわたって、この赤い屋根の屋敷、カモミール・ハウスで経験することになる不思議の、最初の出来事だった――。

航は靴を履《は》いたまま、古びて傷んだ屋敷のあちこちをふらふらと歩いた。建設当初から、この家では西洋式に室内でも靴で生活していて、土足でどこへでも行くことができる。そのことが、幼いころには新鮮で嬉しかったことを思い出す。

大人になった航の体重に、床板がキィと軋んだ。きっと根太《ねだ》が傷んで緩《ゆる》んでいるのだろう。祖母とふたりで生活していたころは、ここで飛ぼうが跳ねようが、こんな音はしなかった。ここ、とはキッチンに隣接した食事室のことだ。

凝《こ》った寄せ木の床に敷かれたラグ。その上に置かれたどっしり大きな食事用テーブル。堅牢《けんろう》な造りの、古風な重い椅子。あのころと同じだ。ひとつ違うのは、スミレの花の刺繍《ししゅう》がほどこされていたテーブルクロスがないことくらいだろうか。

キッチンには、大きな鋳鉄《ちゅうてつ》製のストーブ兼オーブンが、黒い鉄の上に厚く埃をかぶった姿で鎮座《ちんざ》している。テーブルの上の、祖母が庭から摘んできた花を活けていた小さな花瓶も、肩の部分が白くなってはいるが、そのままだ。

幼いころの航は、毎朝、祖母に「おはよう、ばあちゃん」と挨拶を済ませると、座面の高いこの椅子によじのぼり、ひと苦労をして自分の席に着いたものだ。するとこれまた幼児には少々位置が高いテーブルの上に、祖母が朝食の大皿を置いてくれる。

大皿の中身は、スクランブル・エッグ。こんがり焼いたベーコンにソーセージ。それに焼きトマトとマッシュルーム。白いんげん豆をトマトソースで煮たベイクドビーンズという、古式ゆかしい純イギリス風朝食メニューだった。それから大きなマグにたっぷり一杯の、甘いミルクティー。祖母の春子は紅茶にミルクは入れず、朝食もトーストにマーマレードを塗っただけの質素なものだった。

今思えば祖母は、成長期の孫のために、わざわざ朝一番からキッチンに立って、栄養たっぷりの朝食を用意してくれていたのだろう。

――いただきまーす。

――はい、召し上がれ……ねえ、航。

――ん、なあに、ばあちゃん。

――あなた、知っているかしら？　わたしのお母さん、つまりあなたのひいおばあさんが、イギリス人だったってことを。

航はびっくりし、口の中のスクランブルエッグを急いで呑《の》み込んでから、ぶるぶると左右に首を振った。そんな話は、これまで聞いたこともなかった。だが言われてみれば祖母春子は、鼻梁《びりょう》の高い、日本人離れした容姿をしていた。瞳の色もやや薄いように見える。

――それにね。

祖母はイタズラっ子のように、ぱちんとその片目をつむった。

――あなたのひいおばあさんはね、実は魔女だったのよ？

祖母が明かした秘密は、あまりに突飛なもので、航はつい、「うそでしょ？」と尋ね返してしまった。

――本当よ。ほら、この人がハンナよ。

祖母が背後の壁にかかった肖像画を指し示す。そこには、栗色のたっぷりとした巻き毛に青灰色の瞳をし、気丈そうな引き締まった唇を持つひとりの美女が、油彩で描かれている。額縁《がくぶち》に打ち付けられたプレートには、少し古びた金色の文字で、「わが妻、優美なる《グレースフル》ハンナ」と書かれてあった。

――ハンナはね、イギリスの、代々続く魔女の家系の末裔だったの。

祖母がそう告げるや否《いな》や、テーブルの上のティーポットが誰の手も触れずに持ち上がり、祖母のカップにコポコポと紅茶のおかわりを注いだ。

当然、航はギョッとして目を丸くする。

そんな航の目の前で、当たり前のような顔でそのお茶を飲みながら、祖母は告げた。

――ハンナの故国イギリスはね、魔女や魔法使いたちの故郷であり、大いなる隠れ家なの。あの国ではハンナのような女性がおおぜい生きていたのよ？

祖母がそう告げると、ふいに肖像画の中の美女が、航に向けてパチンと片目をつむってみせる。

航は、ひゃっ、と息を呑んだ。

――あなたのお母さんは、こういうことを気味悪がって、若くして家を出ていってしまって、今ではこのお屋敷の敷居を跨《また》ごうともしないけれど……。

テーブルクロスの刺繍のスミレの花が、むくりと起き上がり、ぽん、ぽん、と本物の花を咲かせる。

そこに飛んできたアゲハ蝶は、よく見れば蝶の羽のついた愛らしい妖精だった。飛びながら金粉のようなものを振りまいているが、それは家具や食器に付着する前に、淡雪《あわゆき》のように消え去ってしまう。

――この家は、今もなお、ハンナの遺した祝福の魔法に守られている。そしてその魔法は、血と記憶によって受け継がれるのよ。

――「ち」と「きおく」？

幼かった航は、それが何かとっさに認識できず、小首をかしげた。そんな孫に、祖母はやさしく語り掛け、解き明かす。

――そう。血は魔女の血統。つまりわたしやあなたのような、ハンナの血を引く子孫がこの家に住み続けていく限り、魔法の力は途絶えない。そしてもうひとつは記憶。わたしの母、ハンナのことを憶えている人が生きているうちは、やっぱりこの家から魔法が消えることはないわ。

――ふうん……。

航はそのとき、難しいことは何ひとつ理解できなかったものの、「この家を受け継ぐ者がいる限り、ハンナの魔法が消えることはない」という祖母の言葉を心の奥深くに刻み込み、こくりと小さなうなずきを返したのだった――。

今思えば、あのころからすでに祖母には、いずれ航にここのオーナーになって欲しいという思いがあったに違いない。だからこそ、まだ幼い孫に、突然ハンナやその魔法の話をしたのだろう――。

そのとき、ふわり、と航の目の前を、何か黒い、大人の手のひらほどの大きさのものがかすめ飛んでいった。慌てて目で追うと、それは漆黒《しっこく》の羽を持つ蝶々だった。幼い日に見たものの、色違いのような。

「あ……」

航は、たった今、回想していたのと似た場面が現れたことに驚くと同時に、喜びが湧き上がるのを感じた。ああよかった。家はこんなありさまでも、ここにはまだ、あの魔法が、祖母との思い出と共に生きている――。

しかし、温かい思いに満たされたのは、ほんの一瞬だった。その黒い蝶は、空中のある一点で急に軌道を変えたかと思うと、一直線に航の顔めがけて体当たりしてきたのだ。

びたん！　としたたか眉間《みけん》を打たれて、航はのけぞった。

「いたっ……！」

小さな虫のささやかな体当たりとは思えないほどの鋭い痛みに、航は悲鳴をあげた。しかもそれは一度きりではなかった。二度目は後頭部に、三度目は右頬にと、幾度も幾度も繰り返し襲いかかってくる――。

「うわっ、ちょ、や、やめ……！」

たまりかねて、航は頭部を腕で庇《かば》いながら、キッチンのほうへと転げるように避難した。とっさに上着を脱いで振り回すと、うまい具合に払いのけることができたらしい。そのまま、何度も振り回し続けると、さすがの凶暴な虫も辟易したのか、航と距離を取った。

漆黒の羽が、空中でパタパタと羽ばたいている。航はふらつきながら浮遊するその姿を凝視《ぎょうし》した。

幼いころ、祖母と共に見た妖精は、優美な女性に似たやさしい姿かたちをしていた。だが今ここにいるこれは違う。手には小さな槍に似た棘を持ち、触覚がツノのように生えた、小悪魔のような姿だ。

そして、まだ攻撃を諦《あきら》めず、牽制するように、航の目の高さの位置をパタパタと飛び続けている……。

「くそっ」

航はいつでも振り払えるよう、上着を手にしたまま、じりりと後退した。だがそのかかとが硬いものに当たった。ああ、と航は気づく。この位置と感触は、かつて祖母が使っていた、薪《まき》の火で調理をするストーブ兼オーブンだ。これがある限り、後ろへ退《しりぞ》けない。

航は相変わらず威嚇《いかく》するように眼前を浮遊している黒い蝶に向き直った。

「お前は何者だ？」

厳しい声で問いかける。

「なぜぼくを攻撃する？　昔、この家で人に危害を与えるものはいなかったぞ。お前はいったい何者だっ？」

その言葉がまだ終わらないうちだった。

黒い蝶が、その数を増やした。五匹、六匹……。それらは小さな群れをなして、航の眼前を飛び交った。航は上着を振り回して抵抗しつつも、数を増やした彼らに次第に追い詰められていく。

一度態勢を立て直そうと、埃の積もった天板で体を支えて、今まさに立ち上がろうとした、そのときだった。

突然、今度は背後から、べしゃりと肩のあたりを濡らされたのだ。

「ひ――」

冷たい衝撃と恐怖に慄《おのの》きながら振り向くと、航の目に映ったのは、べっとりと濡れた粘液状のモノに目鼻がついた怪物だった。航が倒れかかっている古びた鋳鉄のオーブンの扉が開き、そこから航の体に向けて流れ出ているのだ。

粘液についたふたつの目が、ぎろりと航を睨《にら》む。

「うわああぁ！」

航はその場から這《は》って逃げ出し、つんのめるように走り去った。幸い、ネトネトした怪物の本体は、それで振り切ることができたようだが、黒蝶たちは、当然ながら飛んで追いかけてくる。とっさに向かおうとした玄関への廊下は先回りして塞がれ、航は自分の足に急ブレーキをかけて右へ曲がった。

「ひいっ」

ドアを開け、室内に転げ込み、ばたん！　とドアを閉める。蝶番の具合が狂っていなくて助かった。ドアはスムーズに開閉され、うまい具合に追跡を遮《さえぎ》ることができた。ふう、とひと息つく。

そして落ち着いて室内を見れば、そこはかつて、祖母の寝室だった部屋だった。昔、ベッドを覆っていた豪華な天蓋《てんがい》は、四本の柱を残して取り払われ、今は寝具もなく、古びたマットレスだけが寒々しい姿をさらしている。

「うわ、冷たっ……」

首筋から背にかけて、何か液状のものが伝い落ちて行く感触に飛び上がり、慌ててシャツの襟《えり》に触れた航は、初めて自分の背の上半分がべったり濡れていることに気づく。そうだ、あのオーブンの中に棲《す》み着いていた、大きな目玉のついた謎の生物の――。

「――ッ、き、気持ち悪……！」

航は体を拭くものが何かないかと考え、祖母のベッドの傍らにある古風なキャビネットの引き出しを漁《あさ》った。スミレの花の刺繍がされた懐かしいテーブルクロスが、思いがけずそこから出てきて、一瞬、手が止まる。

ああ、懐かしい、と思わず引き出しから取り出して広げる。すると布の間から何か薄くて硬いものが転げ出てきて、床でコツンと音を立てて止まった。

航はそれに手を伸ばして、拾い上げた。古びた金色の、真鍮製らしいプレートだ。英語の文字と紋様が描かれている。

「……マジックドラゴン魔法使い派遣会社。あなたのご要望にぴったりの、素敵な魔法使いを派遣いたします……？」

それが、祖母からの手紙にあった社名だと気づいて、航は思わずプレートに顔を近づけた。

プレートに描かれたドラゴン――蛇のように東洋風の龍ではない、翼のついた四つ足の、恐竜のような西洋風のドラゴン――の胴体に書かれた英語の華文字を、口に出して読み上げる。

「――永代会員契約証。当該契約の対象は、棲み着きゴースト、性悪妖精、その他生活上の不便になる魔法現象への対処とし、契約者およびその子孫の要請に応じて、当社の人選による魔法使いを派遣するものとする――」

営業文句の末尾は、祖母の手紙にもあったロンドンの会社住所と電話番号だ。

そうか、と航はつぶやいた。春子はカモミール・ハウスが長年放置され、悪い妖精の巣窟《そうくつ》になることを見越していたのだ。ハンナの血を享《う》けた自分が、この屋敷から去るときには、すでに。

航はスマホを取り出した。もしこの宣伝文句が本当なら、今、この屋敷が抱えている問題の解決にはぴったりだ。それに永代契約ならば、まだ連絡も取れるはず。航は素早く、そのプレートにある電話番号をタップした。

それはすなわち、航が祖母の遺志を継いで、この家のオーナーになるのだと決心した瞬間だった。

＊＊＊

ロンドンの春は、温かさと寒さを行きつ戻りつしながら、じりじりと人を焦《じ》らすようにやってくる。

そんな街の、雑踏の中を歩くヒューバートの胸元で、素朴な葦笛の旋律が響いた。

胸ポケットから取り出したのは、漆黒のスマホだ。背面にエメラルド色のドラゴンの紋章が刻まれている。

『――ミスタ・クレイトン。お話しできますか？』

例のアンカーウーマンめいた事務的な声が聞こえてくる。

「ああ、今ならいいよ。そっちへ向かっているところだが、急ぎなのかい？」

『はい。実は今回のお仕事なのですが、本部での手続きは後日にして、今すぐご自宅で出立の準備をされ、明日の宵《よい》の口には出発していただけないでしょうか？』

　都会を吹きすさぶ寒風に、青年の金髪が乱れた。

「明日の宵に出発だって？　それはまたずいぶん急な話だな」

　魔法使いは遠方に旅立つとき、人目を忍ぶ意味もあって、夜のとばりに包まれてから発つのが古くからの習慣だ。それにいつもなら、仕事にかかる前に、数種類の契約書類へのサインや、事前の情報確認などで丸一日か二日を費やす。ヒューバートは今、それらの手続きのために、本部へ向かっているさなかだったのだが、その当の本部が、今回はそれは後回しだと言う。異例のことだ。

『はい、実は、ずいぶん遠い場所での仕事になりそうでして、急ぎで出発していただかないと、なるべく早くというクライアントのご要望にお応えできませんので』

「遠いところ？　インドとかかい？　それとも中国《チャイナ》？」

『日本《ジャパン》です』

「ジャ……パン？」

　少々困惑したのは、その国の位置を思い出すのに時間がかかったからだ。イギリスから見れば中国よりもさらに遠い、海に囲まれた、極東の島国……。

「この国から見たら、地球の裏側じゃないか。どうしてそんな遠いところから依頼が？」

金髪のヒューバートは不思議がった。そもそも依頼を寄越す魔女にしろ魔法使いにしろ、そしてその近親者にしろ、おおかたは英国かその近隣国に住んでいる。実際、マジックドラゴン魔法使い派遣会社に寄せられる依頼の六割は英国内から、残りの四割もほぼ欧州各国からだ。

『ご依頼内容は、かつて日本人の男性が、わが国から迎えられた魔女のご伴侶《はんりょ》のために建てたイギリス風の屋敷を、再度住めるようにトリートメントしたい、というものです』

青年はふと真顔になった。

「その屋敷について、できるだけ詳細な話を聞かせてくれないか。今ここで、すぐに」

慌てた仕草でコートのポケットを探り、メモ帳とペンを取り出す青年を、周囲の通行人たちは足早によけて通り過ぎてゆく。

寒風が、また寂しい音を立てて街を吹き抜けた。

＊＊＊

そして、その極東の日本で――。

「うわぁぁぁぁ！」

殺虫剤を燻《いぶ》した煙の中を、航は顔じゅうを布で覆った姿で走り回った。

航が手にした床ホウキを振り回して打ち払おうとしても、奴らは巧みに逃げ回るばかりだ。まるでサメがイワシの群れの中に突入して、でも一匹も捉えられずに右往左往するように。

「うわっ、ごほっ、げっ……！」

動いた拍子に思いきり殺虫煙を吸い込んでしまった航は、またしても屋敷内から退散せざるをえなかった。

屋敷から一歩でも離れれば、奴らは追ってはこない。理由はわからないが、奴らは棲処から離れることを好まないようだ。航はようやくむせ返る息を治め、飛び込んだ自分の車の運転席で、顔を覆っていたタオルを取り、ハァとため息をついた。

「あまり期待はしていなかったけど……」

やっぱり燻蒸《くんじょう》式の殺虫剤も効果なしか、と航は悔しい思いを噛み締める。

例の派遣会社には無事連絡もついたが、派遣員の選定と到着までには三日ほど時間を要すると言われた。その間何もできずに待ちぼうけでは、屋敷の持ち主としてあまりにも情けないから、まずやれそうなことはやってみよう、と勇んで殺虫剤の散布を試みてみたのだが、効果がなかったどころか、逆に航が薬まみれになっただけだった。

とりあえず顔についた薬剤だけでも洗い落とそう、と航は考え、幼いころの記憶を頼りに茂り放題の藪《やぶ》の中をガサガサと進むと――。

チョロチョロと、ささやかな流れの音。そこには、天然の清水がたまった泉があった。おそらく屋敷の建設当初、ここから生活用水を引いていたのだろう。朽ちた水道管なども転がっている。

航は泉のふちに屈みこみ、その冷たい水で、ざぶざぶと顔を洗った。冷たくて気持ちのいい、澄んだきれいな水だ。ハンカチで顔を拭いていたそのとき、ポケットのスマホが着信を知らせてくる。

「はい、灘です」

『ハロー』

航が日本語で応対すると、相手は思いがけず英語で応じてきた。ああ、例の会社の人か、と、航も頭の中を英語モードに切り替える。

『このたびはご依頼ありがとうございます。そちらへ派遣する者が決定いたしました』

女性の声が端正《たんせい》なイギリス英語で告げる。

『名はヒューバート・クレイトン。古い屋敷のトリートメントを得意とする、わが社自慢のエキスパートです。おそらく明後日、満月の夜にそちらに到着するでしょう。今少しお待ちください』

女性は一方的に情報を並べたてると、あっさりと電話を切ってしまった。

「ヒューバート・クレイトン……？」

航は聞いたばかりの名をつぶやきつつ、首をかしげる。

錯覚だろうか。このファーストネームは、どこかで聞いたことがあるような気がしてならない。イギリスでは珍しくない名なのかもしれないが。

「ヒューバート……」

妙な懐かしさを覚えたその名を、航は無意識に幾度も唇に載せていた。

満月の夜が来た。航はずっと車中泊している自分の車にもたれて、魔法使いが来るのを待っている。

「魔法使いが来るのを待っている、か」

自分の置かれた状況のおかしさに、つい苦笑が漏れる。こんな奇怪な状況が他にあるだろうか。

「会社に辞表まで出して……」

改めて口に出すと、航は自分のしでかしたことの大胆さに驚いてしまう。次の仕事のあてもまだないというのに、カモミール・ハウスを継ぐ、ということだけを決めて、後先も考えずに昨日、いったん東京に戻ってすっぱりと会社を辞めてしまったのだ。唐突で大胆すぎる行動は同僚たちを驚かせてしまったが、いわゆる背水の陣というやつだ。

ところでくだんの魔法使いとやらは、どうやって来るのだろうか。やっぱりホウキに跨って空を飛んで、だろうか。それとも案外、ふつうに歩いて、またはタクシーに乗ってやって来るのかもしれない。どちらにしろ、自分はここで丁重に出迎えるだけだ――。

そのときだった。満月の輝きを隅々まで行き渡らせる、雲ひとつない夜空に一点、小さな動く影が現れたのは――。

「き……来た！」

航は跳ねるように車体から身を起こし、夜空を見上げて目を瞠った。来た。本当に来た。それも空を飛んで。

飛んでいる。確かに飛んでいる。魔法使いらしき人影を乗せたホウキが――。

いや、乗せている、と言っても、よくある魔法使いの絵のように、跨らせて乗せているのではない。

その人影は、ホウキの柄に横座りをして、悠々と足を組んでいた。

「え、ええ……？」

風をはらんでなびくのは、ごくふつうの黒っぽいコート。その下もいたって平凡で現代的なスーツとシャツだ。両手には遠来の旅人らしく、大きなスーツケースとカバン。それすらも特別なものではなく、ごく今風のありふれたもの。

そんな彼が、航の目を驚かせたのは、ただ一点、夜目にも鮮やかな金髪をなびかせていたことだ。これほど夜に鮮やかに輝くものを、航は見たことがない。満月の光すらかすむかのようだ。

夜空を大きく二、三度旋回してから、彼は航の前に降り立った。その容貌に、航は目を奪われた。

航よりは少し年上のようだが、想像していたよりもずっと若い。それに目が覚めるような美形だ。ひと揺れごとに金粉が散るがごとき黄金の髪。濃い琥珀《アンバー》色の瞳と、それをふちどる優雅《ゆうが》に反ったまつ毛。乳白色《にゅうはくしょく》のまぶた。白磁《はくじ》の肌。きゅっと引き締まった、いかにも聡明《そうめい》そうな唇。すらりとしてはいるがバネの強そうな体つき。そんな神の恩寵《おんちょう》を得た美しい人が、満月に照らされて立っている。

思わず見とれている航をどう思ったのか、その青年はにっこり笑って手を伸ばしてきた。

「こんな夜半にお出迎えありがとうございます。マジックドラゴン魔法使い派遣会社から参りました。

ヒューバート・クレイトンです」

　航がついさっきまで、口先で繰り返していたそれを、青年は麗《うるわ》しい響きのイギリス英語で名乗った。

航はただただ茫然《ぼうぜん》として固まっている。そんな航を見て、ヒューバートは、おや、という表情になった。

「ああ失礼。この国には握手の習慣がないのでしたね」

　ヒューバートが引っ込めかけた手を、航は慌てて追いすがるように握りしめた。握ってみれば、それは意外に骨ばった男っぽい手だった。

「い、いいえ、こちらこそ、し、失礼しました。ちょっとビックリしてしまって……ようこそ来てくださいました。ぼ、ぼくは依頼人の……」

「ナダ・ワタルさん」

　ヒューバートはいきなり、正確な日本語発音を口から滑り出させた。

「ナダさんとお呼びするべきですか？　それともミスタをつけたほうが？」

「――ワタルと」

　航は半ば上《うわ》の空のまま告げた。

「どうか呼び捨てで。航と呼んでください」

「ワタル」

　ヒューバートはその後、ワタル、ワタルと何度か繰り返しただけで「航」という完璧な発音を身に付けてしまったので、航は感服した。何て頭のいい人だ——。

「えーと、その、はるばるイギリスからずっとホウキで飛んでらしたんですか？」

航が問うと、

「いやいや、まさか」

ヒューバートは笑いながら首を横に振った。

「そんなことをしたら日にちが半月もかかってしまう。空港まではふつうに飛行機で来日しましたよ。今どきは魔法使いといえど、入国審査もちゃんと受けなきゃいけませんしね」

「——ああ、それはそうですね」

ホウキに乗って上空から国境を超える魔法使いを想像しつつ、それは確かに今の時代にはちょっとマズいよな、と航はうなずいた。

「ホウキで国境を越えたりしたら、下手をすると領空侵犯になって、戦闘機に撃ち落とされてしまいますからね」

するとなぜかヒューバートは、そっぽを向いて無理に笑いをこらえるような様子を見せた。おかしくてたまらないが、笑うのは悪い、という風に。

航はその様子に気づいた。もしかすると自分は今、彼の冗談を真に受けてしまったのだろうか？

恥ずかしさに、顔がかあっと赤らむ。

「ところでくだんの、化け物たちに乗っ取られた家というのは、あれですか？」

ヒューバートはホウキの柄の先端で、月明かりに照らされた三角破風の赤い屋根を指し示した。航が「ええ、そうです」と答えると、魔法使いは「ほう」と感心したような声をあげた。

「ずいぶんと愛らしい家だ」

「愛らしい？」

心から大切にしているものを人に褒《ほ》められたことに嬉しさを感じつつも、航は首をひねった。

「ぼくにとっては祖母との懐かしい思い出のこもった大切な家だから、愛らしくないことはないですけど——あなたの目から見てもそう見えますか？」

「見えますよ。とても愛らしく、美しい屋敷だ。このカモミール・ハウスは」

ヒューバートは月光でもはっきりそうと見える、嘘のない笑みを浮かべた。

「わたしはね、航——ああ、敬称は遠慮なく略させてもらいますよ。わたしにとってこの仕事は、ただの生計を立てる手段じゃないんです。そこで暮らしてきた人間の、人生や愛情の染み込んだ、幽霊や妖精が好んで棲み着くような古びた家屋敷が好きでたまらないから、わたしはこの仕事をしているんですよ。あのお屋敷は、まさにわたしの理想とする家だ」

確信に満ちた口調でそう告げると、彼は荷物を航の車のそばに置き、「では屋敷の中を拝見します」と告げるや、驚く航の返事も聞かないうちに、屋敷に向かって歩き出した。伸び放題の雑草を踏み分けて歩くので、夜半の庭にガサガサと大きな音が響く。玄関前の草刈りくらいしておくのだった、と航は後悔した。

「ここのドアの鍵は持っていますか、航？」

丁重な口調で問いかけられて、航は慌ててポケットの中を探った。

航の手がポケットの中の真鍮の鍵を探り当てた瞬間、例の、リーン……という音が高らかに鳴り響いた。当然ながら、若き魔法使いは「それは？」と尋ねてくる。

「ああ、昔祖母からもらったもので……ここのスペア・キーなんですが、どうしてだか、こうしてときどき音を立てるんですよ。それに、ホラ」

航はポケットから取り出した鍵を、月光にかざして見せた。短い鎖で鍵に繋がれたはちみつ色の石は、それ自体が光源となってキラキラと輝いている。

「ほう」

ヒューバートは片手を差し出し、掬《すく》い取るようにして手のひらの上に鍵を受け取った。

「これはすごい。驚いたな。鍵と守護石との取り合わせは、護符としてはごくありきたりなものだが、かけられてからこれほど長い時間が経っているのに、まだ魔法が生きているものなど、わたしも初めて見る――」

そう感嘆する魔法使いの手のひらの内で、はちみつ色の光は、蛍火《ほたるび》のように明滅を繰り返した。航も初めて見る光り方だ。リーン、リーンと鳴る音も、それにつれて高くなり低くなりを繰り返している――。

「しかし奇遇だな。シトリンの護符とは」

「シトリン？　このはちみつ色の石のことですか？」

「ええ、そうです」

ヒューバートは何とも言えない感慨深い表情で微笑んだ。

「この国での名は『黄水晶』。いわば『色つき水晶』で、宝石ではなく貴石ですから、金銭的価値はそれほどないですが、守護石としては富・豊穣《ほうじょう》・金運などを意味する石で、特に東洋では、黄色や土色が風水の関係で好まれると聞きます。それに――」

ヒューバートの右手に、いきなり杖が現れた。長さはステッキ程度だが、太さは子どもの腕ほどもある。いびつなT字形の枝の皮を剝《む》いて削っただけの、棍棒《こんぼう》のような荒々しい作りだ。その先端から、木の実を模した小さなランタンがぶら下がっている。そのランタンの内側から照り輝くのは、はちみつ色の明滅する光だ。

「シトリンは、このわたしの守護石でもあるのですよ、航」

高らかに掲げた杖とランタンを見上げるヒューバートの顔は、どこか誇らしげに見えた。それを掲げたまま、彼は航の鍵を使って厚い高級木材製の扉を開く。

キィ……と蝶番の音を立てて、扉を開きながら、ヒューバートは告げる。

「この屋敷に小悪魔たちがはびこってしまったのは、おそらく、あなたの曾祖母君の血と記憶を持つ者が、長らくこの屋敷から遠ざかっていたことが原因でしょう。祝福の魔法が有効な間、その力によって遠ざけられていた禍々《まがまが》しいものたちが、魔法の力が薄らいだ反動で、この居心地のいい屋敷を自分たちの根城にするべく、いっせいに集まってきたのです」

それは、かつて祖母が言っていたことと一致する言葉だった。驚く航を尻目に、ヒューバートは開いた扉の内へ堂々とした足取りで入り込むと、ランタンをぐるりと巡らせ、その光であたりの暗闇を払うような仕草をした。

すると待ち構えていたように、こちらへ飛びかかってきた黒い蝶たちが、いっせいに動きを止める気配がした。航に対しては、白昼堂々群れを成して襲い掛かってくる彼らが、ヒューバートには、そのランタンの光の及ばないギリギリのところ、闇の縁あたりまでしか近づいてこないのだ。

(奴ら、この光を怖れている……?)

あの光には当たりたくない。けれど夜半に自分たちの砦《とりで》に踏み込んできた不埒者《ふらちもの》を、みすみす赦《ゆる》すのも口惜《くちお》しい——という思惑が、その動きからは読み取れる。

「ミスタ・クレイトン」

航の、イギリス留学で身に付けた英語での呼びかけに、ヒューバートはほがらかな微笑で振り向いた。

「どうかヒューバートと呼び捨てで、航」

「じゃあ、あの、ヒューバート、その光はいったい……」

「これは守護石を所有する者に、魔物や怪物を寄せ付けない祓《はら》い魔の光です。でもあいにく、これでひと照らしすれば万事解決、というわけにはいかないんですけどね」

ヒューバートは肩をすくめた。

「実在の魔法っていうのは、世間で思われているほど威力がなくて——せいぜい自分の身の回りを守る程度のことしかできないんですよ」

ランタンの光に照らされた壁紙の鳥たちが、夜中にいきなり起こされたかのようにびくりと身動きし、バタバタと羽ばたきするのが見えた。おそらく十年ぶりの目覚めだったのだろう。何だ何だ、とばかり、ヒューバートと航を見ている。

「いいお屋敷ですね」

ヒューバートが傷んだ壁紙や、蜘蛛の巣だらけの天井をぐるりと見回しつつ言った。航は思わず羞《しゅう》恥《ち》に襲われる。

「いや、祖母が施設へ移って以来、長い間放ったらかしにしてしまって、こんなありさまで——」

「人の住まない家屋敷が傷むのは、仕方のないことです」

こんないいお屋敷にひどい仕打ちをして、と責められるかと思いきや、ヒューバートは物柔らかな口調を変えなかった。

「わたしが言っているのは、この家の由来や歴史のことです。イギリスから嫁《とつ》がれたひいおばあさまのために、ご夫君であるひいおじいさまがお建てになったとお聞きしましたが」

「ええ……ぼくもそう聞いています」

「この仕事をお受けしたときからお聞きしたかったのですが——」

ヒューバートの足元で、床板がキィと音を立てた。

「いったい、まだ二十世紀も始まったばかりの時代に、日本人の男性とイギリス人の魔女が、どうやって巡り合ってご結婚をすることに？　その当時では、イギリスと日本を行き来するのも大変だったでしょう？」

その通りだ。航空機もない時代、日本からヨーロッパへ行こうとすれば、どんなルートであろうとひと月弱はかかるのが常識だった。費用だって、一番安い三等切符でさえ、そうそう庶民に手の届く金額ではない。洋行のために借金をした、家を売った、という話が、まだふつうだった時代だ。

「曽祖父は……」

航は、ヒューバートの背にくっつくようにして歩きながら説明する。曽祖父は山林王の御曹司《おんぞうし》であり、ほとんどの建築物が木造だった当時の日本では、材木のとれる山を持っていることは資産的に意味が大きかったこと。そのような林業家の中でも、松永家は頭ひとつ抜けて金持ちだったことなどを。

魔法使いは「うん、なるほど」とうなずいた。

「あなたのひいおじいさまの存命当時、ご一族は、経済的な豊かさを享受していたというわけですね」

「ええ、だから跡継ぎ息子だった曽祖父も、若いころ、豪勢な世界一周旅行を楽しんでいたらしくて――」

「ああ、なるほど」

ヒューバートは初めて合点がいった、という風に、濃い琥珀色《こはくいろ》の目を見開いた。

「それでその途上イギリスに立ち寄って、ひいおばあさまを見初《みそ》められたというわけですか？」

「はい、曽祖父は当時最新鋭の乗用車を駆って、イギリスの各地方を気ままに旅して回ったと聞いています。ところが、ある田舎でその車が故障してしまい、宿もなく道もわからず、困っていたところを助けられたのが――」

「村の片隅でつましい暮らしをしていた魔女のミス・ハンナ・ランズベリーだったというわけですか……そうか、それで……」

そのとき、ヒューバートと航は期せずして同じ光景を想像した。風光明媚《ふうこうめいび》だが豊かとは言えないイギリスの片田舎。ハーブや野菜の畑を兼ねた広からぬ庭。石積みの素朴な家とその囲い。庭仕事にいそしんでいた栗毛のハンナが、人の気配にふと目を上げると、ささやかな門扉《もんぴ》の前に見慣れぬ東洋人の男性が立っていた。ふたりはともに若く麗しく、たちまち互いにひと目惚れをした――。

「曽祖父は、何て言うか、苦労知らずのお坊ちゃんの常で、したいことをまっすぐ、やりたいようにやる人だったようです。それでハンナを口説き落とすや否や、そのまま日本に連れ帰ってきて――」

「それはまた何というか――」

ヒューバートは少々迷ったあと、声をあげて笑った。

「豪快ですね。ずいぶんと男らしくて頼もしい」

彼はそう言ったが、魔物が徘徊《はいかい》する闇の向こうを、怖れる風もなく見通すヒューバートこそ、航の目には誰よりも頼もしく映った。間近で見ると、一見細身のその体は厚みもあり、しっかりと引き締まって、スーツとコートを胸周りで着ている。古き良き時代のイギリス紳士そのままだ。実に美々しく、清潔で高貴な色気が漂っている……。

「で、でも、こんな遠い異国の、しかも田舎にいきなり連れて来られて、曾祖母は――ハンナという女性は、本当に幸せだったのかな……」

　思わずヒューバートから目を逸らしながら誤魔化《ごまか》すように口にしたそれは、だが子どものころから本当に胸の内にあった疑問だった。

　そのころはまだ、日本人同士の結婚ですら、個人の意思が尊重される時代ではなかったはずで、好きな女性、しかも外国人女性を勝手に伴侶に選んだ曽祖父は、相当強硬に反対されただろう。それに、当時の日本人にはなじみのない容姿をしたハンナは、散々奇異の目で見られ、何度も不快な思いをしたはずだ。

「それは、心配いらなかったと思いますよ」

　ヒューバートは杖を一巡りさせ、ランタンの光で闇を払いのけた。そこが、ハンナの肖像画の飾られた食事室であることに、航は初めて気づいた。ふたりはいつの間にか、屋敷のもっとも奥まった場所まで来ていたのだ。

「この家を見ればすぐにわかる。彼女は深く愛されていたに違いない。見た限りでは家具はもちろん、小さな金具ひとつ、壁紙や床板一枚にいたるまで、彼女の身になじんだイギリスのものを――それが叶わないならばなるべくイギリス風のものを、と選びぬかれて使われている。それもこれも、ハンナという女性を愛しぬく、必ずここで幸せに暮らせるようにしてみせる、というひいおじいさまの決意の表れでしょう」

金髪のヒューバートは、ふいに航を振り向いて、にっこりと笑った。

「あなたのひいおじいさまは、ずいぶんとご伴侶に熱烈な愛を注がれる方だったようですね」

すると壁にかかったハンナの肖像画が、突然、カタンと音を立てて傾いた。はちみつ色の光に照らされた、斜めになった若きハンナの顔は、こころなしか、誇らしげに見える——。

「ふむ」

ヒューバートはつかつかと絵に近づき、その傾きを片手でひょいと直した。

「優美《グレースフル》なるハンナ……なるほど美しい人だ」

ヒューバートが褒めると、ハンナの絵の顔にも、いつもの優美な微笑が戻ってくる。

「まるで神殿の奥に安置された偶像のようだ——あ、そうか……！　これはたぶん——」

彼はその場で何か考え込んでいる様子だった。杖を巡らせて食事室全体をはちみつ色の光で照らしだしたり、曾祖母の肖像画の前を、二度三度と行き来したりした。

「この家がハンナの肖像を守護神とする疑似的な神殿として機能していることと、ハンナの魔法が死後何十年も生き続けていることの間には、何らかの関連性があるのかもしれないな——」

ヒューバートがひとりごとを言いながらウロウロとする間、航は完全に置いてけぼりにされた。どうやらこの若き魔法使いは、仕事に入ると周囲のことも忘れて集中しきってしまう性質《たち》らしい。航がいささか呆れながら見守っていたそのとき、ヒューバートはいきなり、「そうか！」と大声をあげた。まるで真相を探り当てた瞬間の探偵のように。

「屋敷を徹底的に英国風にしたということは、きっとあれもあるに違いない！」

ヒューバートは杖を取り直すや、だしぬけに、足音を立てて食事室からキッチンのほうへ駆けて行った。その杖のランタンの光に守られていなければ身が危うい航も、慌てて後を追う。小悪魔たちは相も変わらず闇にひしめき、ほんの一瞬光の守護から外れかけた航の背を、ひゃっ、と爪で引っ掻《か》こうとする音が走った。間一髪だ。

「ああ、あった。やっぱりあった」

一方、キッチンに片膝をつくようにうずくまったヒューバートは、今にも小躍《こおど》りせんばかりに喜んでいる。彼が見つけたのは、例の鋳鉄製の古風なストーブ兼オーブンだった。そんなものを何で、と航がいぶかしんでいる間に、彼はその扉をつまんで開いた。

「あっ、そこは……！」

その中にも別の化け物が、と航が言う前に、そいつは——あの湿ってヌラヌラした奴は——ヒューバートに飛びかかろうと、顔を出す。

だが彼の手にするランタンの光に一閃《いっせん》されるや、ヒュッ、と音を立てて引っ込んだ。

「ふうん、なるほどな」

ヒューバートはランタンの光がオーブンの中に入りやすい角度に杖をかざした。すると、湿ってヌラヌラした奴が、少しでもその光から逃れようとばかり、オーブンの奥へ身を縮めていくのが見える。

「やっぱりこいつか。この湿った奴が、本来はずっとタネ火が点《とも》っているべきオーブンに棲み着いたから、屋敷全体のエネルギーが陰の方向へ変わってしまっているんだ――」

　ヒューバートはひとりごとのようにつぶやき、オーブンのドアを閉めた。そして立ち上がると、航のほうを振り向いた。

「ありがとう、航。だいたいのところは把握できました」

　把握できましたと言われても、何ひとつ理解できず、ぽかんと立っているだけの航に向かって、目の前の魔法使いはひどく魅力的な微笑を向けてくる。

「とりあえず、一度外に出ましょうか」

　夜半の危険な探索行に、すっかり体を冷やして震えている航の肩を、ヒューバートの手がやさしく包んだ。

　その手のぬくもりと、彼のほうから伝わってくるかすかな香りに、航はびくりと動揺する。

　その様子を、壁紙の鳥たちが、首をかしげながら見送っていた。


「さて、まずはこちらをお返ししておきましょう、航」

　満月に照らされる玄関先で、ヒューバートが手のひらに載せて差し出したのは、航の鍵だった。クヌギのどんぐり大のシトリンは、相変わらず蛍火のように、はちみつ色の光の点滅を、か細く繰り返している。

「借りっぱなしで申し訳なかった。これはあなたの護符なのだから、すぐお返しするべきでした」

そうすればあなたの身もより安全でしたのに、と魔法使いは真摯《しんし》に詫《わ》びてくる。航は慌てて、「そんな、申し訳ないだなんて」と遮った。たかだか鍵ひとつのことで、いちいち折り目正しいというか——律儀《りちぎ》な人だ。

だがヒューバートは、より丁重な仕草で航の手を取ると、その手のひらに光る石と鍵を載せて返してきた。

「いいえ、これは本来、常にあなたの手にあるべきもの。あなたが持ち主でいることによってこそ、この家を鎮《しず》め、守護の力を発揮するもの。言わばこの家を受け継ぐ者としての証——レガリアなのですから」

確かに、家の鍵というのは、その家に居住する権利を象徴するものでもあるから、レガリアと言えなくはない。カモミール・ハウスのような特殊な来歴を持つ家屋敷ならなおさらだ。この鍵と石は、この不思議で神秘的な家の所有権が今、誰の手にあるのかを、明確にする象徴物なのだ。

するとヒューバートは、ひどく甘い口調で言った。

「真夜中にも関わらず、お屋敷の中を見て回るのにおつきあいいただいて、ありがとうございました」

「いえ、そんな——」

航は思った。どうしてこの人の声は、こうも魅惑的に聞こえるのだろう。まるで耳に魔法をかけられているかのようだ——。

「ところで航、あなたは毎日、どこで寝泊りを？」

航はハッと我に返った。

「あ、しゃ、車中泊です。あれに……」

航が指さした車を見て、ヒューバートは眉をひそめた。

「車の運転席などで寝て、身が休まりますか？」

「背もたれはほぼ水平まで倒れますし、少し窮屈《きゅうくつ》なことを除けばまあ、大丈夫です。もともとぼくはアウトドアが趣味で、慣れてもいますから」

ヒューバートはううんと考え込む風情《ふぜい》だった。「それでは、わたしはお邪魔できませんね」と言われて、初めて航は、ヒューバートの宿の手配をしていないことに気づいた。

「あ……し、しまった……！」

どうしよう、と航は困惑した。魔法使いが来る、というその一点に集中するあまり、その人の寝泊りするところをどうしよう、などということまで、頭が回っていなかったのだ。

「す、すみません。申し訳ない！　いえ、あなたまで車中泊させるつもりじゃなくて——……！　ああ、そうだ！　少し離れていますけれど、確か県境を越えたあたりに小さな温泉街が！　今から頼めば、ひと部屋くらい……」

ヒューバートは、航の狼狽《ろうばい》ぶりに、少し困惑したような苦笑を浮かべている。

「大丈夫ですよ、宿の手配をお願いする必要があるのなら、最初からその旨、会社の者に伝えてもらっています。今回は古いとはいえ雨風しのげる程度のお屋敷があるようだ、ということで、その必要はないだろう、とわたしが判断したんです」

「そ、そうですか……あ、いや、でも、雨風しのげるとは言っても、ご覧の通り、とても安眠できるような環境ではなくて——」

航はカモミール・ハウスのほうを指し示した。

「それはご心配なく」

ヒューバートは杖のランタンを掲げた。

「辛い、この光が効かないほど手強い奴は棲み着いていないようです。探せば、どこか過ごせる部屋のひとつくらいあるでしょう。床と天井さえ抜けていなければ充分です」

「でも……」

航の心配げな顔つきを見て、ヒューバートは明るく笑った。

「航、くわしいことは明日以降においおい説明していくつもりだけれど」

魔法使いは、杖をかざした。はちみつ色の光がぐんと強くなる。

「長い間放っておかれて、小悪魔に棲み着かれたり、怪奇現象を起こしたりするようになった古い家屋敷をトリートメントするというのは、こういうものなんだ。ふつうの家をリフォームするのとは違って、ただ壁紙を張り替えたり、水回りのタイルを新しくしたりすればいいというものではない。病人を介抱するのと似ていてね、家の状態を見極め、その傷みに寄り添い、声を聞き、ゆっくりとゆっくりとその傷を慰め、癒《いや》していく。だから現状、この屋敷がどんなに人の立ち入りを拒んでいようと、拗ねて怒っていようと、わたしはなるべくそばに寄り添っていなくてはならない。わたしたちが敵ではないことを、この屋敷に知ってもらうことが大事なんだ」

その説明にうなずいてから、航はヒューバートの話し言葉が少し砕けてきたことに気づいた。航に、自分と細かいやりとりができるくらいの英語力があると見極めたからかもしれないが、それ以上に、どうやら航が自分に気を許したと判断したかららしい。

「じゃあ、明日からよろしく。おやすみ航」

再びカモミール・ハウスの重厚なドアを開きながら、ヒューバートは囁いた。

「くれぐれも、その鍵は手放さないようにね」

そして屋敷の内からドアを閉ざす。

「あ……」

おやすみなさい、を返し損ねたと気づいて、航は中途半端に伸ばした手を引っ込める。

ため息が漏れる。ヒューバートがやってきた直後とは、月の位置がずいぶんと変わっている。今夜は色々なことが一度にたくさんありすぎた。頭も混乱しているから、もう何もかも明日の朝、目が覚めてから考えよう――と考え、下草を踏んで車に向かいかけて、ぴた、とその足が止まる。

振り向いて、黒々とわだかまるカモミール・ハウスの威容を見上げる。それほど威風堂々たる豪邸でもないのに、こうして月光の下で見ると、何やら巨大な怪物のようだ。

窓から窓へ、あのはちみつ色のランタンの光が移動していた。ゆっくり、ゆっくりと揺れながら——彼は今、ひとり家の中をあちこち見て回っているに違いない。彼はこんなことには慣れっこなのかもしれないが、何だかその姿を思い描くと、ひどく痛々しく感じる——。

（いや、でも、ぼくなんかが彼を追いかけて行っても、何の助けにもならないし、かえって足手まといになる。彼はこういう事態に対して経験豊富なようだし、ここはプロフェッショナルに任せよう）

そう思い定めて車のドアを閉じた航は、だがいつも通り寝袋に潜《もぐ》り込んで体のポジションを定めても、なかなか眠りに落ちることができなかった。満月の夜は頭に血が上りやすくなるというが、ちょうどそんな感じで、眠ろうとすればするほど目がさえてくる。

（本当に、彼をあの屋敷内にひとりで居させていいのだろうか）

まんじりともせず、航は考えた。

そもそもカモミール・ハウスは祖母から譲り受けた、航が全面的に責任を持つべき家だ。その家の問題を、曾祖母の代からの契約があるとはいえ、初対面の彼に丸投げしていいものだろうか？

そのとき、ふいに、リーン……と高らかな音が響いた。いつにない音量に驚き、寝袋を解いてポケットを見ると、中にある鍵の石が、布地の上からでもわかるほど強い光を放っていた。まるで航を促すかのように。

（もしかして、この石にも彼のランタンの中のと同じく、奴らから身を守る力が……？）

航はふとひらめき、次にそれを確信した。彼も言っていたではないか。これは自分の守護石と同じだ、と。

今までこの鍵と守護石を、そんな風に「使用」したことはなかった。ドアを開く瞬間以外はずっとポケットに仕舞ったままだった。だが考えてみれば、航は何度もひどい目に遭わされながら、大きなケガもなく、命も取られなかった。それはこの石を所持していたおかげではなかったか。だとしたら、これの力を借りれば――。

航は身を起こした。殻から抜け出るセミのように寝袋を脱ぐと、ドアを開いて車を降りる。

月はさらに巡っていた。すでに春も去ろうかという時期だというのに、夜半の山中はまだ寒いと言ってもいい気温だ。ふたたび、カサカサと下草を踏んで、航はカモミール・ハウスの玄関に向かう。かちゃり、と差し込んだ鍵を回すと、キィ、と音を立てながら、ドアが開く。

光る石をかざして先立てながら、航はおそるおそるドアの内側に入った。

ところが、意外な事態が航を待っていた。いつも航が屋敷内に侵入すると、待ってましたとばかりに押し寄せてくる奴らが、一匹たりとも姿を現さないのだ。

（――何で？）

もしかすると、奴らは一匹残らずヒューバートを襲いに行っているのではないだろうか――……そんな怖ろしい想像をした航は、身辺を警戒しつつも屋敷内に足を踏み入れた。

壁紙の鳥たちは、それぞれに絵の小枝に止まったまま、うつらうつらと眠っている。航がはちみつ色の光を放つシトリンを眼前にかざしてそばを通りかかる瞬間だけ、いかにも眠いところを起こされた、という様子で、首を起こして航を見やる。

「……ヒューバート？」

闇の向こうにそろりと呼びかける。

返事はない。だが守護石が立てるリーン……という音が、屋敷の奥に向かうほどに大きくなった。

食事室か……？　いや、違う。そちらに向かおうとした瞬間、音が極端に小さくなった。ではこちらか？　曾祖母の嫁入り道具だったという古い家具が揃い、亡き祖母が、いつも細やかな掃除と調度品の手入れを欠かさなかった応接室。

「ヒューバート？　いる？　入るよ？」

かちゃりとノブをひねってドアを開いた航は、そこに思いもかけない光景を見た。

古風な曲線を描く長椅子に、ヒューバートが身を寄せて瞑目《めいもく》している。

杖はそのそばに立てかけられ、あのシトリンの守護石がランタンの内側で小さな炎のように輝き、応接室いっぱいをほの明るい光で満たしていた。黒い小さな悪魔どもの姿は、かけらもなかった。

航にはわかった。一見眠っているようだが、彼は今、その魔力を使って、この放置されていた家と対話しているのだと——。

航はその光景を見て、自分の心の内までもが癒し慰められたような、温かい気分になった。

「ヒューバート……」

航はその温かい気分のまま、惹《ひ》かれるように魔法使いの向かい側のソファに身を沈めた。

鍵についた石が、また、リーン……と鳴る。魔法使いの邪魔をしないよう、小さくやさしい音色で。

「ありがとう、素敵な魔法使いさん。こんな遠くまで、ご苦労さま」

航は小さく告げてから、ソファに横になり胸の上で腕を組むと、すうっと眠りに落ちて行った。

廃屋の中で過ごす一夜。

だが不思議なことに、航の心には、不安も恐怖も、何ひとつなかった。


夢うつつのただ中にある航の脳裏で、ごうごう、パチパチと、炎が音を立てている。

――火って、燃えるときこんな音がするんだね……。

遠い過去のその日、幼かった航は、キッチンのオーブンの前に座り込むようにして、祖母が鋳鉄製の小さな扉を開いては、炎の大きさを細心に調整しながら薪をくべるさまを、飽きずに見続けていた。

――ふふ、ガスの火しか知らない都会の子は、薪が燃える音なんか聞く機会もないわよねぇ。

祖母はふと気づいたようにそう告げた。

――こんな田舎に住んでいれば、このオーブン以外にも薪の火やその音なんてしょっちゅう見聞きするのだけれどね。航、あなたのお母さんの小さかったころなんか、よく庭で焚火《たきび》をしては焼き芋を

――。

ハンナ遺愛《いあい》の品のひとつであるという古風な薪オーブンは、ちょっとした事務机ほどの大きさで、色はＳＬの車体のように真っ黒かつ頑丈、無骨《ぶこつ》な煙突が壁を突き通すようについており、それでいていかにも昔の貴婦人の手に似合いそうな優美さもあって、存在感抜群だった。

祖母はオーブンとして戸棚のような内部を焼き料理に利用する以外にも、上の天板に鍋を載せて、煮炊き料理や炊飯、揚げ物などもこなしていた。かつては使用人も含めた一家全員分の調理をすべて担《にな》っていたという薪オーブンは、一か所の焚《た》き口で火を燃やせば、全体に効率よく熱が回って、同時に数か所で料理ができる合理的な設計になっているのだ。

――すごいねぇ。お料理が一度にたくさんできるんだ。

数種類の焼き料理、煮込み料理が同時進行で出来上がっていくさまを感心して見守りながら、航は言った。それに祖母は笑って答えた。

――そうね。それがわかるなんて、航は頭がいいわ。薪の火が無駄にならないよう、一か所の火で同時にいくつも煮炊きができるようになっていて、すごく便利なのよ。

春子はほがらかに笑った。

――昔、わたしが幼かったころ、あなたのひいおばあさんは、豆炭《まめたん》を使ってずーっと火を絶やさないようにして、冬はその熱をパイプで各部屋に送れたの。灯油ストーブとは違う、まろやかでやさしい温かさだったわ。

――ふーん……。

現代っ子ゆえに、「豆炭」が何かわからなかった航の反応は、そっけないものだった。

――ところで今日の晩ごはんなーに？

空腹の子どもにとっては、そちらのほうがよほど重大な問題だ。

――ひよこ豆のスープとコテージパイ。デザートにリンゴのメレンゲよ。

――わーい！

航は一転、両手を挙げて歓喜した。「コテージパイ」はひき肉を具にし、マッシュポテトで蓋《ふた》をしたパイで、「リンゴのメレンゲ」は煮込んでペースト状になったリンゴを耐熱皿に広げ、卵白を泡立てた甘いメレンゲを載せてこんがり焼いたものだ。どちらも航の大好物である。

そのとき、航は揺さぶられて夢から覚めた。

「……たる……航！」

「ん……ん……？」

目を開くや否や、航は目の前にいる青年の、金髪の輝きに仰天した。誰……？　と、ほんの束の間困惑して、ああそうだ、彼はゆうべやってきた「魔法使い」だと思い出す。

「ヒューバート……」

カーテンに遮られた、さえない朝日の中でも輝く金髪。濃い琥珀色のやさしげな瞳。柔和で知性を感じさせる顔立ち。

「お、おはよう……ございます」

つい見惚れながら、おずおずと挨拶する。

「おはよう。航、きみ、一晩わたしと一緒にいてくれたのか」

怖かっただろうに……とヒューバートは、憂《うれ》いを含んだ表情で言った。

「もしかして、わたしのことを心配してくれたのかい？　だとしたら悪いことをしたね。ついさっきまできみがそばにいることに気づかなくて」

気づいていれば、無理をして一緒にいてくれなくても大丈夫だ、と伝えられたろうに、と魔法使いは告げた。

「屋敷の意思と瞑想下で語らっている間は、周囲のことは何もわからなくなるんだ。気づいていたら、放ってはおかなかったのに」

「いえ……ぼくが勝手に心配――じゃなくて、お邪魔しただけですから……」

「体は？　どこか調子が悪くないかい？　わたしの守護石の光の範囲にいたのなら、悪影響は受けていないと思うけれど……」

ヒューバートの手が、航の体のあちこちを触った。服の上からでもぬくもりがわかるようなやさしい手だ。するとよりによってそのタイミングで、航の胃袋がキュウと鳴った。

「あ……」

航は赤面する。ヒューバートはそんな航に相好《そうごう》を崩して、「健康な証だね」とやさしく告げた。何だか子ども扱いされているようで、航はかえって気恥ずかしさが増してしまう。

「あ、あのっ！」

勢いよく立ち上がりながら、恥ずかしさを打ち消すために急き込んで尋ねる。

「し、食事っ……食事って、どうされますか？　ぼく、あなたの寝るところとか、生活上のこと、何も考えてなくてっ……！」

「ああ、それなら心配ご無用だよ」

ヒューバートは気楽な調子で言った。

「携帯食料を持っているよ。昔ながらの、固く焼き締めた魔女風のパンとか、ショートブレッドとか、色々……」

簡単なパン《ショートブレッド》とは、要するに発酵させる手間をはぶいて焼いた分厚いクッキーのようなものだ。確かに携帯食としては便利でカロリーもあるかもしれないが、苦労の夜を明かしたばかりの朝食がそれでは、何の労わりにもならないではないか――。

「あの、じゃあ……！　ぼく、今から何か作ります！」

航が言うと、ヒューバートはひどく驚いた顔をした。

「作るって？　きみが？」

「アウトドア用のコンロとフライパンひとつだから、大したものはできません。でも朝ごはんくらいなら――何か食べられないものはありますか？　信仰上の理由とか、アレルギーとか……」

「いや、それはないが――」

航は胸を張って、「まあ、見ていてください」と言い切った。

「体が温まって、気分がホッとするようなものをご馳走《ちそう》しますよ」

それから航は、常になく張り切って行動を開始した。

屋敷の庭に停めた車の荷台を、ごそごそと漁る。

昔は登山家やピクニック愛好家の間でも、野外での食事と言えば、決まり切った携帯食やレトルト、もしくはキャンプ場での飯盒炊爨《はんごうすいさん》とカレーだけだった。だが最近は、器具の改良が進んだこともあって、料理の種類やノウハウも進化している。工夫と努力しだいでは、山の上で炊き込みご飯やパスタ料理、ケーキ等だって作れないことはない。

「でも今はそこまでする時間がないから……とりあえず、英国風朝食っぽくすればいいか。よし、卵とベーコンと豆だな」

あいにく生卵はないのでスクランブルエッグやオムレツは無理だが、ゆで卵を調味料で漬け込んだ煮卵の真空パックならある。それにベーコンも大豆も、常温保存可能なものを買い込んである。大豆にはドライトマトを絡めて、ベイクドビーンズ風にすれば、イングリッシュ・ブレックファストとして何とか格好がつくだろう。主食の輪切りバケットはベーコンと一緒に焼けば、脂を吸っていい感じに焼き目がつくはずだ。せわしなく考えを巡らせるその姿を、カモミール・ハウスの玄関先から、ヒユーバートが見つめている。

家庭用ガスコンロでも使われるガスボンベ缶をクッカーにセットし、カチンと火をつける。ボンベの容量があるから調理時間は制限されるが、一食分作るくらいなら、それほど残量を気にする必要はない。それにベーコンを最初に調理すれば、その後新たに油を継ぎ足す必要もなく、すばやく次のメニューに移れる。航は庭の一角に置かれた台形の石を調理台に、手早くふたり分の朝食を仕上げた。あいにく食器がふたり分揃ったものがなくて、一方はアルミ皿、一方は百均で見繕《みつくろ》った平皿と、ちぐはぐになったが、まあいいだろう。

「さあ、できましたよヒューバート……ヒューバート！」

なぜか玄関先に茫然と突っ立ったままの魔法使いに、航は声を張って呼びかけた。彼はひどくゆっくりと下草を踏んで、一歩一歩慎重に近づいてくる。

やがて航のそばにたどり着いたヒューバートは、航が車のそばに置いた折り畳み椅子にそっと腰かけ、皿の上でほかほかと湯気を立てているベーコンとベイクドビーンズを、食い入るようにじっと見つめた。

「あの……もしかして、気に入りませんでした？」

味覚は生まれついた土地の文化によって後天的に訓練されて育つ。航がおいしいと感じる料理を、ヒューバートがそう感じるとは限らない。

「いや、とんでもない」

ハンサムな魔法使いは、やや茫然とした面《おも》持《も》ちで告げた。

「あまりにもおいしそうで立派な料理で……つい感激、してしまって……」

航は「そんな大げさな」と謙遜《けんそん》したが、ヒューバートはその言葉が聞こえないほどうれしそうに破《は》顔《がん》した。

「大げさじゃないよ！　こんな温かい食事をいただくのは久しぶりだ」

航は驚いた。どうやら本当に彼は、ふだん携帯食ばかりで腹を満たしているらしい。こんな美しい外見の人が、美貌と健康の基礎である食事をおろそかにしているなんて、そんなこと、あってはならないのに――。

「あの、どうぞ冷めないうちにお召し上がりください」

「ああ、そうだな。せっかくきみが作ってくれたのだものな。ありがたくいただくとしよう」

ヒューバートは、両手の指を組み合わせて、魔法使いの流儀の「いただきます」らしき礼をしたあと、フォークを手にした。そして半分に割った煮卵の片側をさらに半分に割って口にして、ひとこと。

「……うまい！」

美しい顔が、さらにパッと輝いた。

「ああ、『うまい』は失礼かな――本当においしいよ。航」

航はその言葉を嬉しく思いながらも、首をかしげながら問うた。

「スクランブルエッグやオムレツでなくても大丈夫なんですか？」

イギリス人の舌に煮卵の味は慣れないだろう、という意味だったのだが、ヒューバートは首を横に振った。

「大丈夫どころじゃない。こんなおいしい卵料理は食べたことがないよ。この卵、日本ではどこでも売っているのかい？」

「ぼくが作ったんです」

「きみが！」

道端でダイヤモンドを見つけても、こうまで驚かないだろう、という仕草で、ヒューバートは驚きを表した。

「うん、このビーンズも絶品だ。バケットにベーコンの脂を吸わせて焼くなんて、きみは天才か？」

絶賛されて、航は照れながら皿を置いた。そろそろ食後の飲み物を用意しなくてはならない。航は自分の皿を一度置いて、パーコレーターを用意した。

パーコレーターとは、一見して縦長のやかんに見えるコーヒーメーカーのことだ。中に挽《ひ》いたコーヒー豆を入れる籠《かご》のようなものがあって、沸騰《ふっとう》した湯がその籠の挽き豆を通して幾度も循環する仕掛けになっている。野外で淹《い》れたてのコーヒーを味わえるため、アウトドア愛好者には必携のアイテムだ。

淹れ方は色々とあるが、航は蒸らしすぎを避けるため、最初は湯だけを沸かして途中から豆を入れる。その作業をするため、グラグラに湯が沸いたパーコレーターの蓋を開けようとした瞬間、コンロの火が跳ね、航は「熱っ」と蓋から手を離した。

「航っ」

するとヒューバートが、手からフォークを取り落としながら、顔を真っ青にして航につめ寄ってくる。どうしたのだろう、と思っていると、彼は航の手をいきなり握りしめた。強い力で。

「――ヒューバートっ？」

「動かないで！」

彼は驚くほど鋭い声で航を制する。

「早く治さないと……」

両手で包むように握りしめられた航の手が、ひんやりし、次にほんわりと温かくなる。治癒《ちゆ》の魔法を用いたのだろうか。だがもともと、やけどらしいやけどもしていなかった航の手に、大した変化は起こらない。

「だ、大丈夫だよ、ヒューバート」

航はヒューバートの狼狽《ろうばい》ぶりに驚きつつ、彼をなだめた。

「落ち着いて、大丈夫だよ。やけどなんてしていないから」

「だがさっき、熱い、と……！」

「一瞬跳ねた火に舐《な》められただけです。あなたこそ大丈夫？　まるであなたのほうがケガをしたみたいな顔色だ」

「あ、す、すまない……」

ようやく平静を取り戻した魔法使いは、面目《めんぼく》なげに言った。蠟のような色の手でそろそろと顔面を撫でおろすと、ふぅと大きな息をつき、ふらりと腰を下ろす。

「実は、わたしは昔から……火が苦手で」

「火が？」

航は意外さに目を瞠った。漆黒の闇の中で魔物に取り巻かれてさえ平気でいられた人が、火などという日常的なものに恐怖心を抱くとは。

航はいったん携帯コンロの火を消して、顔色の悪いヒューバートのそばに付き添った。触れた手の甲がひどく冷たい。細かく震えてもいる彼があまりに心配で、航は腰を落として、下からヒューバートの顔を覗《のぞ》き込んだ。

「大丈夫ですか？」

「ああ、大丈夫……。すまない、驚かせてしまったね」

ヒューバートは額《ひたい》に冷や汗を浮かべながら、やっとどうにか、という風の微笑を作った。

「どうかしているな。さっきまできみが火を使うところを見ていたのに、今さらこんなに動揺するなんて――」

そういえば、と航は思い出した。ぼくが調理をしている間、この人はずいぶん離れた玄関先で、凍りついたようにこちらを凝視していたんだった。あれで気がつくべきだった――。

「ぼくこそ、配慮がたりなくてごめんなさい」

「いや、きみが詫びることなど何もない。あのときは、わたしに温かい食事を摂《と》らせるために、色々手を尽くしてくれているきみを見て感激していたんだ。だから余計に、火が怖くて近寄れない自分が、心底情けなかった――」

そう言って、彼はひどい自己嫌悪の表情をした。そして、「実は、昔――」などと打ち明け話をしようとするのを、航は慌てて遮った。

「話さなくていいです」

「航――」

「つらいことは、無理に話さなくていいですから」

むろん、つらい過去の記憶の中には、他人に打ち明けることで楽になるものもある。けれどヒューバートのそれは、おそらくそうではない。この怯《おび》えようでは、生半可な経験ではなかったはずだ。

「火が遠くにあれば、怖くないですか？」

「ああ、それは――たぶん」

「じゃあ、これからはあなたの目に入らない場所で火を使うように気をつけますね」

航はそう告げて、コンロとパーコレーターの場所を、ヒューバートからは見えない車の向こう側に移した。そしてしばらくしてから、熱々のコーヒーを二杯持って、また戻ってくる。

温かいコーヒーを飲んで、ヒューバートはやっと平穏《へいおん》を取り戻したようだった。ほっと息をつき、「おいしい」とつぶやく。その姿に、航もまた安堵《あんど》した。

「落ち着きましたか？」

「ああ、もう大丈夫」

そんな風にして、少々のアクシデントはあったものの、野外での朝食は楽しく幸せな気分のうちに終了した。笑顔を取り戻したヒューバートは、航に「ご馳走さま。思いがけない喜びだったよ」と告げ、航もまた満足感に満ちた気持ちで片付けにかかることができた。

「なあ……航」

それに手を貸しながら、ヒューバートは言った。

「何ですか？」

「思うんだが……きみ、料理を作るのが好きだよな？」

「え？　ああ、そうですね……まあ好きなほうだと思います」

「なら提案があるんだ」

ヒューバートが告げると、まるで「いいことを思いついた」という彼の気持ちに呼応するかのように、その足元に、しゅるしゅると細い茎が成長してきた。その先端に、ポン、と小さな花が開く。

卵色のぷっくりした中心部を取り囲んで、小ぶりな白い花びらが並ぶ花。リンゴの香りを持つハーブ。この家の象徴でもあるカモミールだ。

驚く航に、ヒューバートは「屋敷の魂が、わたしたちがこれからやろうとしていることを祝福してくれているんだよ」と告げる。

「キッチンに、あのヌラヌラした湿った妖精が棲み着いた古いオーブンがあるだろう？」

ポン、ポン、とまたカモミールの花が咲く。魔法使いと航を取り囲むように、次々に咲いてゆく。まるで祖母か曾祖母ハンナの魂がそこにいて、航とヒューバートを見守ろうとしているかのように。

「まずはあれを再生させるところから手を付けてみないか？」

「あの古い鉄のオーブンを？」

ふたりを取り巻くように、次々にカモミールの花畑が広がっていく。そのさまを、もはや驚きもせず見回しながら、航は問い返した。

ヒューバートは応える。

「魔術的に、古びて傷んだ屋敷を再生させる方法はいくつかあるんだが、まずその屋敷の『心臓部』がどこかを見極め、そこから手を付ける、というのが王道なんだ。わたしが見た限り、この家の心臓にあたるのはあのキッチンのオーブンだ。あそこに悪い妖精が棲んでいることが、屋敷全体に悪い気を広げる原因になっている。まずはあいつを外に出し、それからオーブンをまた使える状態にして、火を入れてみるのはどうだろう」

「そうすると、どうなるんですか？」

「ハンナの遺した魔力が回復して、屋敷が『温まった』状態になる」

その言葉にけげんそうな顔をする航に、ヒューバートは言い直した。

「いや、要するに、屋敷全体が癒され、魔法の循環が良くなれば、ここに宿る生気がよみがえるということだよ。そうなれば、他の妖精を追い出すのも、傷んだ部屋を修復するのも、だいぶ楽になるはずだ」

「……」

航はろくに理解もできないまま黙りこくった。魔法使いには魔法使いなりの難しい理論があって、ヒューバートの言うことはそれに依《よ》った知見らしかった。そうなるともう、航には何もわからない。

「だがオーブンは、料理を作ってこそのオーブンだ」

ヒューバートは妙に力を込めて告げた。

「だからただ火を入れるだけではダメなんだ。ハンナはおそらく、子孫のきみ同様に料理上手で、料理を作ることそのものを愛していた女性だったんだろう。そんな彼女の遺した魔法を活かすには、あのオーブンを調理器具として完全に復活させなくちゃならない」

「――何だかよくわからないんですけど」

航は小さな声で窺《うかが》うように言った。

「要するにぼくがあの古いオーブンを使いこなして料理をできるようになれば、あなたの仕事が楽になるんですね？」

「そういうことだな」

「――そして、そうなればあなたも、またおいしいご馳走にありつけるってわけですね？」

「っ……ま、まあ、そういうことだな」

思惑を見透かされた面目なさを誤魔化すように、ヒューバートは苦笑した。

「ふ、ふふふ……あ、ははは……！」

航は思わず笑い出した。最初は微笑であったものが、次第に大きく、止まらなくなってしまう。

意外だ。こんなに凛々《りり》しくて格好いい人が、こんなにおいしいものに執着するなんて。

「あなたって……あなたって人は……！」

その笑いにつられるように、また次々に花が咲いてゆく。

ふたりの周囲は、今や一面の花畑だ。

「ああ！」

ひとしきり思いきり笑った航は、晴れ晴れとした声をあげた。

「こんなに腹の底から笑うのは、いったいいつぶりだろう！」

つらい出来事の衝撃で、まる一年以上、まともに笑ってなどいなかった気がする。何だかとても、気分がスッキリした。硬直し、凍りついていた全身に血が巡り、体が芯から温まったようだ。

向かい合うふたりを、卵色の芯を持つ白い花びらの花が取り巻き、そよ風が吹くたびに、リンゴに似た清浄な香りがあたりに漂った。

カモミール・ハウスに宿る魂が、ふたりの出会いを祝福するように——。

「さて、では始めようか」

ヒューバートは、午前の陽が差し込むキッチンに立ち、とん、と杖の底で床を突いた。

航はそのうしろに立ち、彼が向き合っている黒い鋳鉄製のオーブンをひたすら見つめている。

この中には、例のあの気味の悪い、目玉のついた粘液の固まりのような生物が棲み着いているはずだ。ヒューバートはまずそいつを片付けようと言っていたが、いったいどうするつもりなのだろうか。

「航、これを持っていてくれないか？」

ヒューバートが航に杖を差し出してきた。その先端には、例のはちみつ色の光を放つランタンがぶら下がっている。

「あ、はい」

こんな大切なものを簡単に人に預けていいのかな、と思いつつ、航はそれを手に取る。杖は床についているというのにずっしりと重く、太さは手に余った。細身の航などは、両手でなければ到底支えられない。

（こんなものを、いつも軽々と片手で持っていたのか、この人は……）

優雅な外見の魔法使いの、意外な剛腕ぶりに驚いていると、ヒューバートは胸の内ポケットを探った。

最初に取り出されたのは、血のように赤い宝石がはめ込まれたドッグタグ状の護符らしきもの。

「いや違う、これじゃない」

ヒューバートはそれを、上着の表ポケットに突っ込んだ。次に引き出されたのは、神秘的なヒスイを連ねた数珠《じゅず》。

その次は、縦長に瞳孔の開いた爬虫類《はちゅうるい》の瞳がついた革製の手首飾り《バングル》。

その目がヒューバートをぎろりと睨んでまばたきするのを見て、航は震えあがったが、当の魔法使いは「わかったわかった」と猫でもなだめるようにあしらい、またポケットに仕舞う。

そのうち生きたイグアナとかニシキヘビとかが出てくるんじゃないだろうな、と航が警戒してちょっと身を引いたとき、ヒューバートはやっと「ああ、あったあった」と会心の声をあげた。

「これこれ、これを探していたんだ」

彼が取り出したのは、小さな丸底フラスコだった。古風にコルク栓がついているが、中身はカラだ。

「お待たせしたね航。さあ、始めよう」

そう言って、ヒューバートはコルク栓を抜いた。キュポン、と小さく可愛らしい音がする。

次にヒューバートがしたことは、意外な行為だった。低く小さな美声で、歌を歌い始めたのだ。当然ながら英語の歌だ。ごく簡単な愛らしいフレーズからして、何か童謡か子守歌の類《たぐい》らしい。

歌いながら、ヒューバートは鋳鉄製のオーブンの扉を開いた。するとすぐそこに、あの湿ったヌラヌラ妖精が、両の目を閉じた状態で、だらんと火焚き口いっぱいに広がって大人しくしていた。

「航、その杖のランタンの光、なるべくこっちへ向けないように気をつけて」

「は、はい」

航はやっとの思いで重たい杖を支えながら、ランタンの前に片手の手のひらをかざし、光がなるべくオーブン内に入らないよう遮った。

ヌラヌラ妖精は、すやすやと寝息を立てるかのように、かすかに膨《ふく》らんだりしぼんだりしている。

「よーし、よし」

ヒューバートは、そこに素手を突っ込んだ。そして航が驚く間に、まるで猫の後ろ首をつまむようにして、どろりと垂れるそいつを摑みだしてしまった。

「良い夢を」

そう唱えると、摑みだされたそいつは、ひゅっ、と音を立てるように、フラスコの中に吸い込まれた。見れば丸底の部分に、たぷん、と半透明の濁った粘液が溜まっている。これも魔法の効力か、摑みだしたときは成猫一匹分ほどもあったのが、ずいぶんと嵩《かさ》が減っている。

「……ど、どうするんですか、そいつを」

航は混乱しながら、おそるおそる尋ねると、ヒューバートがほがらかに言った。

「心配しなくても、殺したりしないよ」

「殺さない？　んですか？」

てっきり退治するものと思っていた航の安堵《あんど》の顔に、ヒューバートは慈愛の微笑を向けた。

「航。魔法使いはどんな怪物であろうと、また性質の悪い妖精であろうと、命を奪うことはしないんだ。ふだんの食事には、肉も魚もふつうに食べるが、その代わり、草の一本、花の一輪も無駄には摘まない。魔法というのは、この世の理《ことわり》の循環を尊重することによって成立するものだからね」

「……」

航はよく理解できないままに、黙って耳を傾けている。

「家屋も同じだ。古いからと言って簡単に取り壊したりしない。家にも命がある、というのは、イギリスでは一般的な考え方だ。だから古く傷んで、魔術的に病状をこじらせた家を取り壊すことなく癒す、わたしのような魔法使いが必要とされるんだよ」

ヒューバートはそう語りながら、先ほどまでストーブにいた生物を閉じ込めたフラスコを胸の内ポケットに仕舞った。

「それにここは、きみの亡きひいおじいさまが、愛しい伴侶への想いを込めて建てられた、特別な、そして世界でも稀有《けう》な美しい家だ。そんな素晴らしい場所で、命を絶つなんて行いはできないよ」

航はそんなヒューバートの顔を見つめた。ヌラヌラ妖精をいともたやすく捕えた手並みから、改めて、この人は本物の、そして本場の魔法使いなのだ、と実感する。そしてそれと同時に、魔法使いはファンタジー映画で描かれているような、荒唐《こうとう》無稽《むけい》で素《す》っ頓狂《とんきょう》な存在ではないのだ、ということも理解した。

彼らは現実に存在し、彼らなりの倫理を持った厳格な職業人なのだ。そしてヒューバートは、そんな自分の仕事——古い屋敷の再生——に強い矜持《きょうじ》と愛情を抱くプロフェッショナルなのだ。

そして、そんな自分のすべてを傾けて、本来の持ち主である航よりも強く、この古い、航にとっては祖母との温かい思い出に満ちた家に、愛情を持ってくれているのだ。

　ぼくが深く愛したものを、この人もまた、同様に愛してくれているのだ――。

「航」

　宝石のような美しい声に呼ばれて、航はハッと我に返った。今のは何だった？　ヒューバートのことが、心の奥底まで入り込んで、彼の存在で胸の内がいっぱいになるような、この感覚は――。

「航、きみ、このオーブンを使っておばあさまがどんな料理を作っていたか、思い出せるかい？」

「あ、ああ、うん。憶えてます。でも、料理の見た目や味の記憶はあるけど、作り方までは――」

「いや、記憶があるなら充分だ」

　ヒューバートが、また内ポケットをまさぐった。微笑と共につまみ出されてきたのはどう見ても生きたワニの尻尾の先端で、それがビチビチと左右に振れるさまに、航は「わっ」と退く、「ああ、すまない」と詫びてから、彼は改めて一冊の手帳を取り出した。開くと、その中身は真っ白で、まだひとつの文字も書き込まれていない。

「航、少しの間動かないでいてくれるかい」

　魔法使いは片手に開いた手帳を持ったまま、もう片手の指を航の眉間に伸ばしてきた。優雅な雰囲気に似合わない、労働で鍛えられた男らしい指と手だった。その指先が光り、ピーンと音を立てて航の眉間を照らす。

　すると見る見るうちに、白紙だった手帳が、文字と写真で埋まっていった。その写真は、祖母春子が昔よく作ってくれたコテージパイや、リンゴのメレンゲ、ローストビーフにアイリッシュシチューだった。

「よし」

ヒューバートは航に突き付けた指先を引き、同時にパタンと手帳を閉じた。その手帳は、そのまま航に差し出される。

「航、これはきみのものだ」

「な、何……」

「きみのおばあさま、そしてひいおばあさまのハンナから伝わった、このオーブン用の秘伝レシピさ」

窓に影を落とす梢《こずえ》が、風にさあっと吹かれて揺れた。

「ひいばあちゃんとばあちゃんの……？」

「そう」

魔法使いはにっこり笑った。

「きみの記憶を媒介に、このオーブンの過去の記録を再生し、印字したんだ。これさえあれば、きみはこのオーブンに刻み込まれた記憶通りの料理を作ることができ、ひいてはこの家の、魔術的にも正統な主《あるじ》になれる」

そう説きながらヒューバートは、航の手に手帳を載せ、上から手を添えてしっかりと受け取らせる。そして手帳を受け取った航の手を、両手でぎゅっと握りしめた。

「このオーブンについて、わたしにできるのはここまでだ。あとは、きみしだいだよ、航」

その丁寧な仕草に、航は驚き、次にふとおかしみを感じて相好を崩した。

「……あの、ヒューバート」

「何だい、航」

「これって――このレシピ帳って、家の再生のためだけじゃなくて、あなたがおいしいものを食べたいから作ったんじゃないですか？」

ヒューバートは肩をすくめた。

「さあ、どうだろうね」

（否定しないんだ……）

屈託なく笑う魔法使いの顔を、航は温かい気持ちの中で見つめ返す。

仕事熱心で、何者に対しても愛情深く、でもときどき、ちゃっかりしている。

本当に、彼は素敵な魔法使いだ、と思いながら。


「よいしょ……っと」

いっぱいに中身のつまった重い段ボール箱を、航は苦労してキッチンに運び込み、床に置いた。どすん、と音がして、跳ねた中身は男爵《だんしゃく》イモ。メイクインも別にひと箱仕入れてきたから、あとで車の荷台まで、もう一往復しなくてはならない。

　航は額の汗を拭きながらつぶやいた。

「無難な品種にしたけど、やっぱりもっと他の種類も買ってくればよかったかなぁ。ヒューバートは何も言わないけど、イギリスの品種と比べたら、味も食感も違うだろうし……」

　イギリス人の主食はジャガイモだ。ブレッド（パン）は朝食のときだけに食べるシリアルのような感覚で、ランチとディナーのカロリーの主体はジャガイモだ。

　なので、ヒューバートの三食を用意するとなると、必然的に航は、種々のジャガイモ料理をこなすことになる。特にマッシュポテトは必需品で、イギリス人は一食につき、米飯のように山盛り一杯を平らげる。

「今思えばばあちゃんも、イモを蒸かして潰すときは、大鍋いっぱいの量を作ってたなぁ……」

　つぶやきつつ、くだんの手帳をパラパラめくっていると、面白いレシピに巡り合った。

「ジャケットポテト？」

　上着《ジャケット》を着たポテトとは何だ、と思いつつレシピを読んでいくと、どうやら皮つきのまま丸焼きにしたジャガイモのことらしい。オーブンで焼く時間は七十分とあり、時間はかかるものの、洗ったイモにフォークで穴を開けてオリーブオイルを塗り、アルミホイルで包んで焼くだけ、という手軽さが、ランチにはピッタリだ。

「焼き上げたポテトに十字に切れ目を入れて、バターと塩で食べる——うーん、これもおいしそうだけど、マヨネーズとツナを混ぜ合わせたのとか、ベイクドビーンズを添えて食べる方法もあるんだな」
ツナ缶とマヨネーズなら、保存食糧の中にある。これにしよう、と心に決めつつ、航は手帳を閉じた。

オーブン周りのキッチンと、それに続く食事室は、ここ数日の航の奮闘の甲斐あって、ずいぶんときれいになっていた。壁に吊られたままだった種々のスキレットやグリドル（円《まる》い鉄板）、トリベット（洋風の五徳）や鉄鍋、銅のやかん類も、再び調理器具として使えるように手入れしたし、火かき棒なども用意してある。火の入ったオーブン内に鍋類を出し入れできるよう、新しい耐熱皮手袋も買ってきた。埃まみれだったオーブンも清掃して薪を調達し、火入れも怖々と行った。

もしどこかが傷んでヒビでも入っていたら、火が回ったとたんに爆発するんじゃないか、などと怯えもしたが、結果は上々だった。もともと、アウトドアが趣味の航には、焚火を自在に操るスキルもあったから、焼きイモくらいなら楽々と作れる。これでヒューバートの言う「屋敷の心臓をよみがえらせる」ことが、少しずつでも叶っていっているだろうか。

「でもいくらランチでも、イモだけじゃ食卓が寂しいから、ついでにゆで野菜に溶かしバターを絡めたものも作っておこうか。鍋にお湯、と……」

キッチンでは、もう水道も使える。裏山の湧水を新しいパイプで引き直したのだ。水質については、ヒューバートが例の内ポケットからまた妙な実験道具一式を引っ張り出して検査してくれた。

生水で飲んでも差し支えない、という結果だったが、何しろ自然の山肌から湧いている水なので、航は必ず一度沸かすことにしている。イギリス人が何より愛する午後のお茶のために、天板の火口にやかんもかけておこう。そうすればせっかくの薪の火力を無駄にせずにすむ。それにできれば、午後のおやつに一品、何かお菓子を添えられたら――。

「そういえばばあちゃん、よくリンゴのお菓子を作ってくれたなぁ」

祖母自身が好きだったこともあるだろうが、おそらく曾祖母ハンナの嗜好を引き継いだのだろう。イギリス人は国民的にリンゴ好きだ。庭にリンゴの木が植えてある家は、そうでない家より不動産価格が高い、と言われているほどに。品種も豊富で、特に火を通して調理するクッキングアップルの普及率は、全消費量の半分になるという。

航は冷蔵庫がわりに使っている、清水《しみず》を張った水槽に手を伸ばした。水面に浮かぶ野菜や果物の中から摑みだしたのは、真紅のリンゴだ。生食用のものだが、これで祖母の味を再現できるだろうか……？

水槽の清水が、ぴちゃん、と音を立てる。ぴちゃん、ぴちゃん……と続く音が航の耳に波紋のように届くうちに、航は自分が幼かったころの記憶の中に引き込まれていった。

幼いころの自分が泣いている声が、航の耳によみがえってくる。

――どうして、おかあさん来てくれないの？　来てくれるって言ったのに、なんで？

航はそのとき、熱を出してのどを腫らし、自分の部屋のベッドで寝込んでいた。

息子が風邪を引いたと連絡を受けた母は、「週末には様子を見に行く」と言ったのに、結局その約束を守ってくれなかった。実はそのとき、父もまた大ケガに加えて性質の悪い流行り風邪に倒れて、母はその看病で手を離せなかったのだ。そのことは、ずっとのちに知った。

ぐずる孫を、祖母がやさしいながらも凛《りん》とした声でなだめる。

――お母さんはね、航。あなたのお父さんのお世話にかかりきりで精いっぱいなのよ。決してあなたを見捨てたわけではないの。

――ひっ、く……う、う……。

幼い航は、母の言い残した「いい子にしているのよ」という言いつけを精いっぱい守ろうと、泣きわめくのを必死にこらえ、のどを鳴らしてしゃくりあげた。当時の航には、それが「大人しくいい子にしている」最大限の努力だった。泣かずに表面上ニコニコと笑っていることなど、とてもできなかった。

だが泣き止まない子どもにも、祖母は嫌な顔ひとつしなかった。『さあさあ、今日もおいしいものを食べましょうね』と、冷たく濡れたタオルで航の顔を拭くと、すぐにキッチンに立ち、何かしらお菓子を持ってくるのだ。

それはいつも、祖母お手製の菓子だった。ときにはクリームチーズのアイシングつきキャロットケーキ。ときにはねっとり甘い糖蜜のタルト。富士山のように泡立てたメレンゲを盛り上げて炙り焼いたレモンメレンゲパイ。スポンジケーキとジャム、カスタードクリームに生クリームを何層にも重ねて一晩置き、味をなじませたトライフル。一番多かったのは含め煮にしたリンゴを冷やしたコンポート。今思えば、それなりに手のかかるものばかりだ。

祖母は泣きじゃくるばかりの航の頭を、辛抱強く撫でて抱きしめてくれた。

──さあ航、口を開けて。大丈夫よ。一日一個のリンゴはお医者さまを遠ざける、って言われるくらい体にいいのよ。これを食べれば、すぐ元気になるわ。

──……ん……。

祖母が食べさせてくれたリンゴの含め煮は、甘くて冷たくて芯までシロップが染み通っていて、それでいて果実のシャキシャキした食感も残っていて、熱のある体に染み渡るようにおいしかった。

──……ばあちゃん。

航は空になった皿を手に部屋を出て行こうとする祖母を呼び止めた。

──なあに、航。

──ありがと。

祖母がドアのノブに手をかけたまま振り向く。

寝ついている孫から、はにかみ半分にそう告げられて、祖母ははんなりと笑った。とても嬉しそうに。

かたくなに懐こうとしなかった航が、やっと心を許してくれたことを悟ったのだろう。

「――と、準備準備」

航はようやく、懐かしく温かい思い出に耽《ふけ》っていたせいで中断していた作業を再開する。

焚きつけの細木を置き、古新聞紙をねじったものにマッチで火をつけて、その下にくぐらせる。

よく枯れて乾燥した細木はすぐに炎を燃え上がらせ、次に置かれた大きく太い薪に燃え移った。ほどもなく、パチパチ……と、心を落ち着かせる音が響き始める。

「いつもよく燃えてくれて助かるよ」

航はオーブンを褒めるようにつぶやいた。

「おかげで、ヒューバートにおいしいものを食べさせてあげられる」

やがてやかんの湯が沸き始める。炉内に放り込んだアルミホイルでくるんだイモも、ぽつぽついい具合に火が通っていくだろう。

リンゴは、祖母がしてくれたような含め煮にすることにした。レシピもちゃんと手帳に載っている。

ぐつぐつと煮える銅の小鍋から立ちのぼる甘い香りが、ふと航を過去の世界へと誘《いざな》う――。

（そうだ、あのとき、熱が下がったあと、『まだベッドから出ては駄目よ』と言われて、退屈していたとき、急にばあちゃんが来たのだっけ）

――航、あなたにお友だちを紹介するわ。

そう言って、祖母は背後から、ひょいとそれを取り出して見せたのだ。

それは、まだ幼い航の体の、半分ほどもある大きさの、もふもふと肌触りのいい――。

「航？」

急に声をかけられて、航はハッと回想から覚めた。ヒューバートの声だった。

振り向くとそこには、いつもよりさらに魔法使いらしからぬ格好をした彼が立っていた。

彼が身に着けているのは、まるで引っ越し会社の従業員のようなツナギ服だった。色が漆黒で、背中にはエメラルド色のドラゴンの意匠と「マジックドラゴン魔法使い派遣会社」の社名が染め抜かれているのが、わずかに「魔法使いらしい」部分だろうか。

彼のこの姿を見たのは初めてではないから、航が驚いたのはそこではない。ヒューバートの姿が、木の葉が茂り小鳥たちが群居する柄の壁紙の中にあったからだ。

ヒューバートの黒いツナギ姿が、小鳥たちの止まる梢の背景にある。彼は完全に「絵の中の人」になっていた。

「ヒュ……ヒューバート？」

「ああ、ごめんごめん」

魔法使いは、描かれた木の枝を掻き分け、そこに止まっていた小鳥たちを飛びのかせつつ、壁紙の奥から平然と歩み寄ってくる。

「こちらからのほうが近道だったものだから、つい」

枝を分けるガサガサという音までもが聞こえ、退かされた小鳥たちは、再び止まった梢の上で、抗議するようにピーチクパーチクとうるさく鳴いた。

壁紙の中から、スニーカーを履いた足が、ぬるりと歩み出てくる。続いて黒いツナギ服姿の全身が出てきた。ヒューバートは、タオルで汗を拭き拭き、「航、ちょっと困ったことになった」と告げた。

「え、どうしたんですか？」

「一階と二階の間の隙間に、野生のミツバチが巣を作っているんだ」

「ええ？」

航は驚いた。ミツバチとは、ふつう人間が巣箱で飼って蜜を取るものではないのか。野性のものがいて、しかも人の家屋に巣を作ることがあるなんて、初めて聞く。

「彼らは自然界の存在で、妖精などの類ではないから、あの黒い蝶やヌラヌラした奴のように魔法で追い払うことができない。かと言ってこの屋敷で命あるものを殺めて駆除はしたくないし、さて、どうしたものかな」

オーブンの天板で、お茶のために沸かしたやかんの湯が、ボコボコと音を立てている。

「ところでいい匂いがするね。ランチの準備？　何かすることがあるなら手伝うよ。もうおなかが空いて限界なんだ」

そう言われても何もないので、手と顔を洗って待っていて、とヒューバートに言うと、彼はわざわざこざっぱりと着替えまでして再びキッチンに現れ、率先してお茶の準備をしてくれた。祖母が物入れの奥に仕舞い込んでいたものを、航が見つけて一所懸命磨いてきれいにしたポットやカップ。そのセット一式をひとつずつじっくり鑑賞し、「いい茶器だね」と褒める。

「それにしても、赤い椿の柄とは、なかなか粋だ」

くつくつ笑うヒューバートに、ジャケットポテトと温野菜を載せた皿を運びながら、航は首をかしげて問う。

「赤い椿に、何か意味があるんですか？」

「うん、花言葉がね、すごいんだよ」

「花言葉？」

「そう、『あなたは私の胸の中で炎のように輝く』。イギリスでは客人や恋人に供する茶器の柄に、その人への想いを込めることがよくある。おそらくこれは、もともとはきみのひいおじいさまが、愛しい妻、優美なるハンナに贈ったものだったのじゃないかな――そして夫婦は、死が二人を分かつまで、毎日これでお茶を飲み交わしていたんだ」

航はテーブルに皿を置くときに、音を立てて動揺を露《あら》わにしないよう、ふだんより一層気を遣わなくてはならなかった。

あなたは私の胸の中で炎のように輝く。あなたを想うだけで、体じゅうに温かさと喜びが巡っていく。その感じに、とてもよく覚えがあったからだ。それはかつて、のちに裏切られることになる恋人に出会ったころに感じていたもの。

そして今はもう、元の恋人に対しては、感じられなくなってしまったものだ――。

「いつもながらおいしそうなランチだ――ちなみにわたしの父が、母を初めてお茶に誘ったときは、紫のライラック柄のカップを出したそうだよ」

「それにも何かいわれがあったんですか？」

「ああ、紫のライラックの花言葉は、『恋の芽生え』さ」

「す……」

素敵なご両親じゃないですか、と言いかけて、航は言葉を失った。

ヒューバートの濃い琥珀色の瞳が、航をまっすぐに見つめていたからだ。瞳の奥、心の奥底までも見通すようなまなざしで。

――あ……。

航は慌てて、彼の視線から目を微妙に逸らした。

「じゃ、じゃあご両親は、今も仲睦《むつ》まじくお暮らしなのですか？」

誤魔化すために、カトラリーを置きながら尋ねると、

「いや……」

ヒューバートは寂しそうな表情で首を振った。目を逸らした航から、拒絶の意思を感じたからかと思ったが、返答の続きの内容はむごいものだった。

「亡くなった――同時にではないが、ふたりとも、もうこの世の人ではないんだ」

「そ……それは」

航は絶句した。この若さですでに父母ともにいないということは、何かしら悲劇的なことがあったのに違いなかった。重い病気。または思いがけない事故。しかも立て続けに、だ――。

「色々あってね――両親が愛したライラック柄のカップも、当時わたしたち一家が愛に満ちた暮らしを営んでいた由緒ある古い家も、もう……」

「……」

航の沈痛な表情を見て、ヒューバートは振り切るように顔を上げた。

「ああ、すまない。食事がまずくなるような話をしてしまったな。きみの心づくしの料理だ。ありがたくいただこう。さあ、航、きみも」

促されて、航はヒューバートと差し向かいの席に着く。フォークを手に取ったものの、何だか落ち着かない気分だった。

――ヒューバート。

うつむいたまま、目の前の顔をちらりと盗み見る。生気に満ちた魅惑的な瞳。整然と生えそろった長いまつ毛。月光色にさえて輝く金髪。神に愛されてこの世に生まれたとしか思えない、美しい容貌。

航は、さきほど自分を見つめていた彼のまなざしが忘れられなかった。あまりにもまっすぐに航を見つめながら、彼は囁いたのだ。「恋の芽生え」と――。

いやいや、と航は首を振る。こんなにも魅力的な青年が、自分のように平凡で、恋人にすら、ある日突然あっさり捨てられるようなつまらない男に興味を示すはずがない。

懸命にそうと思い込もうとしている航の前で、ヒューバートはまた大げさに、素朴なジャガイモ料理を「おいしい、おいしい」と言って頬張るのだ。その無邪気な笑顔には、やはり嬉しさが湧き上がってきてしまう――。

「でも、イギリスのものとはイモの品種が違うから、味も違うでしょう？」

「いいや、最高だよ――きみが作ってくれたものだもの」

航は眉をひそめた。またそういう、人に気を持たせるようなことを安易に――。

「でも、それはたぶん……あの古いオーブンのおかげですよ」

航はフォークの先端でイモのかたまりをやや執拗《しつよう》な仕草で突き崩し、目を落としてそれを見つめながら告げた。

「こんな簡単な料理がおいしく感じるとしたら、それはひいばあちゃんとばあちゃんの魂が、ぼくに力を貸してくれたからです。ぼくの腕じゃない」

「いや、それは違う。きみには、おそらくおばあさま譲りの、食べ物の効能を増進する力が宿っているんだ」

「食べ物の効能を増進する力？」

首をかしげる航に、ヒューバートは説明した。

「そう、いわゆる魔術とか魔法力とか言われるものの根源は、実は食べ物なんだ。わたしたち魔法使いは、常に食材の持つ魔法エネルギーや、その組み合わせの相性を意識して調理し、それを食べることで魔法力を維持したり増大させたりする。きみはそれを無意識にやっているんだよ」

「……そ、そうなんですか？」

「そうなんだ。だからわたしが今、この家で魔法を不自由なく使えるのは、きみの力に負うところが大きいわけさ。ところでお湯も沸いているようだし、お茶をしながら、例のミツバチたちの巣をどうするか、話し合うっていうのはどうだい？」


「ふうん」

ヒューバートは形のいい顎《あご》に親指を当てながら、感心したようにうなった。

テーブルの上では、片付けられた昼食の皿に代わって、紅茶のカップが花に似た香りを立てている。航お手製の、リンゴの菓子を添えて。

「あのハチは、日本ミツバチっていう野性種なんだね。養蜂《ようほう》用に改良された西洋ミツバチよりひと回り小型で、人家の隙間や墓石の納骨室に巣を作ることもある……なるほど」

ヒューバートが熱心に覗き込んでいるのは、魔法の書でも不思議な鏡でもない、ごくふつうのスマホの画面だ。火を噴くエメラルド色のドラゴンのエンブレムが背面に記されていることからして、おそらく会社からの支給品だろう。

（魔法使いも、スマホなんか使うんだ……）

　魔法使いの世界は、ファンタジー映画で見るほど大らかでも原始的でもなく、ヒューバートも、「魔法使いである」ということ以外は、会社からの支給品を持ち歩いたりする、ごくふつうの勤め人であるらしい。世間一般に流布《るふ》している、自由で伸びやかで摩訶《まか》不思議なイメージとは全然違う。

「航、何度か言ったが、わたしはこの愛の魔法に満ちた屋敷で、たとえ虫一匹たりとも命を絶つ行いはできない。まして何の罪もない、ただ自分たちの生活を営んでいるだけの数万匹の野性ミツバチを駆除するなんて——この家に満ちる古くからの愛の魔法を、理不尽な死で穢《けが》したくないんだ」

「じゃあ、ミツバチたちの巣はそのままにしておくんですか？」

「いや、それもできないな」

　ヒューバートは優雅な仕草で、紅茶をひと口飲んだ。

「ミツバチは極めて清潔を好む生き物だが、それでも老廃物は出るし、寿命が尽きれば遺骸《いがい》も落ちる。蜜がたっぷり溜まった巣が何かの拍子に壊れて、はちみつが天井裏に染み込んだりしたら、家屋が傷む原因になる。もしかすると、彼らを狙う危険な天敵が集まって来るかもしれない。それじゃあきみも、この家で安心して暮らせないだろう？」

「でも、じゃあ、どうすれば——」

「うーん、そうだなぁ」

　何かいい方法がないかなぁ、と真剣な顔でスマホを操作しているヒューバートを、航は改めてじっと見つめる。

そしてしみじみと思う。目の前にいるこの人は、容姿こそとびぬけて美しいものの、それ以外はごくふつうの、自分と同年代の青年なのだ。ただ、「魔法使い」というちょっと特殊な職業についていて、ときどきホウキで空を飛んだりするだけの。

（相手がどんなに変わった人でも、一緒にいる時間が長くなってくると、人間ってそれなりに慣れちゃうんだなぁ……）

航は紅茶のカップを手に、小さくため息をこぼした。人間とは何と図太いものだろう。どんなに深い悩みも苦しみも、日々の営みの中でこうして薄れ、いつしか心の中から消えていく。航にしても、あれほど苦しんだ一年前の恋人の裏切りと、その後の針のムシロ生活が、もう遠い昔のことのように思える。今や航の精神生活の中心は、この家と、この家のために細かく心を砕いてくれるこの青年になってしまっているのだ。

——また恋をしろよ。

そんなおせっかいなアドバイスをしてくれた人がいたなぁ、と、航は急に思い出した。『苦い恋の思い出は、いい恋をすることでしか断ち切れない』——そんなことも言っていたっけ。

それは結果的に的確なアドバイスだったのだ——と航は思った。少し悔しく、気恥ずかしく感じながら。

「ああ、これはどうだろう」

ヒューバートが不意に声をあげたので、航はちょっと驚いた。

「ハチたちに、引っ越しをしてもらうんだ」

「引っ越し？」

「そう」

美貌の青年は、白い歯を見せて笑いかけてくる。

「ミツバチにはもともと、分蜂《ぶんぽう》という習性がある。ひとつの巣で新しい女王が誕生すると、旧《ふる》い女王は群れを引き連れて、新しい営巣《えいそう》場所を探しに旅立つんだ。古い時代の養蜂では、この習性を利用して、ミツバチが好みそうな営巣場所を人工的に作り、ハチの群れがやってくるのを、ひたすら待ち続けることで飼いバチを手に入れていたらしい。つまりハチたちに快適な住処を提供すれば、群れは古い巣を捨てて自然にそちらに移動する。この方法なら、彼らを殺さなくて済むし、はちみつや蜜蠟も手に入るぞ！」

ヒューバートは明るい表情でそう断言すると、リンゴの含め煮をパクパクと平らげた。そして「いつもながら心に染み入る味だ。ごちそうさま」と告げると、紅茶の残りを一気飲みして、勢いよく立ち上がる。

「さあ、航。彼らの新居を作り始めよう」

「あ、うん……」

勢い込んでいる彼に、いつもながら仕事熱心だな、と思いつつ、航は食器を下げた。そんな少々過剰なくらい物事に没頭するところも、航の心を摑んで離さない。

航は内心でため息をついた。この人と出会ったあの夜まで、ひどい成り行きで恋人を失ったのがついこの間のことのように感じていたのに、今はもう、その苦い思いがはるか遠くに感じられる。人生の破滅だとすら感じた失恋から、まだ一年と少し。たったそれだけで、航はもう次の恋に身を焦がそうとしている。

我ながら、移り気にもほどがあるのではないだろうか。


それから一週間後のことだ。

脚立を使って一階の天井裏に潜り込んだヒューバートは、見るも無残なほど埃まみれになって這い出てきた。

「うまくいった」

そろそろと脚立を降り、そしてツナギのポケットから取り出して見せたのは、一匹の、生きたままのハチが閉じ込められた試験管だった。コルクで栓がしてある中で、ハチはブンブンと羽音を立てている。

「あの巣の中で、もっとも女王陛下の信頼篤《あつ》い側近だ」

「側近……ですか？」

航は試験管の中を覗き込みつつ、思わず問い返した。数万匹の中から、本当にそうと判別できるのか、と訝しみながら。

航の目には、ただの小ぶりなミツバチにしか見えない。そんな航から、少々疑っている気配を感じたのか、ヒューバートはにこりと笑って説明を始めた。

「動物や妖精と交信できる能力は、魔法使いには必須だからね。もっともハチとは初めてだったし、日本ミツバチには日本語でないと通じないんじゃないかと心配したけど、大丈夫だったよ」

「……」

冗談で言っているのか真面目なのかを判別しかねて、航はヒューバートを見つめたまま口をつぐんだ。彼はどうやら真顔で冗談を飛ばすクセがある人のようなので、いつも面食らってしまう。

「さて、少々手荒に連れ出してしまったけれど、彼を新居候補に案内して、群れごと引っ越してくれるよう説得しなくちゃ。きみと一緒に作った巣箱を、気に入ってくれるといいけれど」

試験管を手に、ヒューバートは汚れたナリのまま、テクテクと歩き始めた。航はその背を数秒見送り、それから足早にあとをついていく。

底のない重箱のように数段のワクが重なる形になる巣箱を作るのは、ヒューバートと航のふたりがかりで一週間を要した。ヒューバートが「はちみつはともかく、蜜蠟は家具の手入れに必要だ。自家製が手に入れば何かと便利だから」と主張するため、ふたりは結局、ハチたちが巣がけしやすいよう中身に工夫をこらした、かなり本格的な養蜂用の巣箱を作り上げた。完成したときは思わずハイタッチを交わしたほど苦労の連続だった。

（何だかんだ、彼とも仲良くなってきたなぁ）

航はヒューバートの、黒地にエメラルド色のドラゴンを描いたツナギの背中を追いつつ、思った。それが魔法使いの流儀なのか、彼は航を決して「クライアント」としては扱わない。共にこの屋敷を再生させる同志として、自分と一緒に行動することを求めてくる。おそらく仕事を終えて自分が去ったのちにも、航がひとりでこのカモミール・ハウスを維持管理していけるようにという配慮からなのだろう。

ヒューバートがすべての仕事を終え、「じゃあ」と自分を残して去って行く日を想像して、航は胸がキュッと痛むのを感じた。

（でもそれでいい。それでいいんだ）

航は傷む胸をなだめるように、心の中で繰り返した。

ヒューバートは遠からぬ日にここを去り、たとえ将来、再会する日が来たとしても、自分たちの仲はよい友人止まり。それが正解なのだ。

しばらく恋をする気はない。まだ恋をするのは怖い。裏切られずに愛される自信がない。だからこの恋に、成就は求めない。それでいい。航はどんどん大きく膨らんでいくヒューバートへの好意に抵抗するように、そう自分に言い聞かせ続けた。

こんな素敵な魔法使いと共に長い時間を過ごし、色々な思い出を作れた。友人になれた。今の自分には、それでもう充分じゃないか。だから、だから――。

「さて、宰相《さいしょう》閣下《かっか》」

カモミールが満開の庭の一角、うまく立木の陰になった場所に設置された真新しい巣箱の前に屈みこんで、ヒューバートは試験管の栓を抜きながら中のハチに囁いた。

「こちらが、わたくしどものお作りした女王ご一家の新居となります。お気に召されますでしょうか？」

ヒューバートの声は、耳の鼓膜《こまく》ではなく、脳髄《のうずい》に直接響いてくるようだった。明らかに魔法の力が作用した声だ。おそらくこの女王の側近とやらいうハチの脳にも、同じことが起こっているのではないか、と航は推測する。

しばらくしてハチは、試験管の中からにじり出てくると、逃亡もせずに真新しい巣箱の中に潜りこんでいった。ミツバチの巣箱の出入り口は、スズメバチなどの大きな天敵に入り込まれないよう、一センチもないほどの狭さになっている。その隙間に、小さなハチがつっかえながらも、黄色い縞模様の尻を振り振りにじり入っていく様子は、何やら可愛らしかった。

「……気に入ってくれるでしょうか」

「大丈夫だよ――たぶん」

ヒューバートにも万全の自信はないらしい。ふたりして巣箱の前に屈みこみ、じっと見守る。

長い長い時間が過ぎた。春も晩《おそ》くなり、そろそろ初夏かという季節の太陽は暑く、ヒューバートも航も、後頭部がじりじりと焼けて熱くなった。

汗が滴《したた》り落ちる。

やがてひょっこりとハチが顔を出し、そのまま羽音を立てて飛び立っていった。航とヒューバートは、顔を見合わせた。はたしてあのハチは、屋根裏の巣に帰って色よい報告を女王や仲間たちにしてくれるだろうか。

「あとは結果を待つだけだな」

「ええ」

航は改めて、美貌の青年を眺めた。

「ヒューバート、あなた、埃まみれですよ」

「ああ、だいぶ天井裏を這い回ったからね」

はにかんで笑う彼に、航は心臓の異常な鼓動を隠しつつ、微笑み返した。

「どうでしょう、これからしばらく結果を待つしかすることがないのなら、今のうちに銭湯に行きませんか？　少し離れた町に一軒だけあるんですよ」

「セントウ？　……ああ、公共浴場《パブリック・バス》か」

「ええ、この家で水が出るのはキッチンだけで、まだシャワーも使えませんから」

「……うーん」

ヒューバートは汗でしんなりとした金髪を、面目なさそうに掻いた。

「悪いけど、きみひとりで行ってくれないかな、航。ぼくは屋敷裏の泉で水浴びでもするよ」

「でもそれじゃ、寒……」

言いさして、航ははたと思い当たった。

（ヒューバートはイギリス人だ。他人と一緒に全裸で風呂に入る習慣がないんだ……）

「わかりました」

異文化体験はして欲しいが、無理強いはよくない。そう考えた航は、あっさりとうなずいた。

「でも山の水は冷たいですから、くれぐれも風邪を引かないように気をつけてくださいね。水から上がったら、よく体を拭いて、温かい格好をして」

「ああ、大丈夫だよ。慣れているから」

ヒューバートは微笑したが、航は慣れているって？　と驚き、思わずこの美しい青年はいつも泉の水で沐浴《もくよく》しているのだろうかと想像を巡らせてしまい、脳がパニックを起こした。

「あ、あの、じゃあ、行ってきます！」

航は慌てて車に乗り込み、発進させる。危なかった、もう少しで彼に妙な振る舞いをしてしまうところだった。この恋心は胸に仕舞ったままにすると、さっき誓ったばかりなのに。

航は山道を運転しながら、ふうとため息をついた。自分の心がどんどんコントロールできなくなってゆくことが、ただただ怖ろしかった。

航は左右にうねる上に未舗装の山道を、できうる限りの速度で車を飛ばして戻った。

ひなびた小さな銭湯でひと風呂浴び、すっきりとした気分で浴室から出た瞬間、「あ」と思い出したのだ。手持ちのタオル類はすべて、一枚残らず、航の車に積み込んだままだということを。

（しまった……！）

先日、山水をたたえた沢で、数日分の汚れ物をまとめて洗濯したのだが、そのあと、干して乾かし、畳んだタオルやバスタオル類を、全部車の荷台に仕舞ったことを、すっかりと忘れていた。

これでは、ヒューバートが水浴びをしたあと、体を拭うものがないではないか。風邪を引かないように、などとしたり顔で忠告しておいて、何という痛恨のミス。

三角破風の赤い屋根が、木の間を透かして見えてきた。航はタイヤを鳴らさんばかりにカモミール・ハウスの敷地に飛び込み、急ブレーキで停車させた。慌てて荷台を開け、ドアを閉める間ももどかしく、バスタオルを数枚抱えて屋敷の裏手に回る。

隙間もなく茂った藪をざっくりと刈り通して作った仮道を走り抜けると、そこに山水の溜まる小さな泉がある。屋敷で使う上水を汲んだあとの水を、航はいつも食器洗いや洗濯に使っていたのだ。

そこから、自然のものではない水音がする。じゃばりじゃばりと、水を浴びている音が。

「ヒューバー……」

声をかけようとして、航はぎくんと立ちすくんだ。

ヒューバートは、航のほうに背を向けた姿勢で、腰の下まで水に浸《つ》かっていた。そのしっかりと引き締まった筋肉のついた背から腰へ、水滴がいくつも流れ落ちている――。

だが航が絶句したのは、その美しさに驚いたからではなかった。ヒューバートの肩口から尻にかけて、無残に焼けただれた痕跡《こんせき》が、うねるようにいびつに刻まれていたからだ。

（や……やけどの痕？）

それもかなり重傷だったもので、素人目にもかなりひどい熱傷であったことがわかる。おそらくは命にかかわりかねないレベルの。

ひきつれ、凹凸《おうとつ》が刻まれて、まだらに赤黒くなった皮膚の上を、ころころと水滴が落ちて行く。

「……っ」

航はつい、息を呑んで、藪の中からそれを凝視してしまった。この上もなく美しいヒューバートの肌に刻まれた、ひどく醜《みにく》いやけど痕。言葉で表わすなら「無惨」のひと言だが、航はその光景に、不思議にも神々しさのようなものを感じた。

ヒューバートの後ろ姿に、午後早くの明るい陽が差している。

航はその場に置かれたヒューバートの衣服の上に、そっとバスタオルを置いて立ち去った。彼に気づかれないよう、細心の注意を払ったが、彼の体を見てしまったことを、本人に悟られずに済んだかどうか。

藪を抜けて屋敷の表玄関に戻ってきた航は、再び車に乗り込み、その運転席に顔を伏せて、いっこうに治まらない心臓の鼓動に耐えた。見てはならないものを見た罪悪感と衝撃が、航にきつく唇を噛ませていた。

「ヒューバート……」

あんなにひどい傷が体に刻まれているなんて。あなたの過去に、どんなつらいことがあったの。あの明るい笑顔の下に、あなたは何を隠しているの。

陽気で屈託のない魔法使いとばかり思っていた人の、思いがけない陰の部分を知って、航は動揺するばかりだった。

それから数日後。気持ちのよい晴天の日のことだ。

ミツバチたちは巣箱の周囲を元気に飛び回り、ブンブンと陽気な羽音を立てていた。

「引っ越し、うまく誘導できたみたいですね」

「うん、理想的にね」

航とヒューバートは、揃って巣箱の狭い入り口を眺めながら、なごやかな会話を交わした。ヒューバートの手で偵察に誘導されたあのハチは無事、女王の説得に成功したらしく、天井裏にいたハチたちはある日いっせいに、古い巣を飛び出し、一度庭木の上に蜂球《ほうきゅう》を作って休んだあと、ふたりが苦心して作り上げた巣箱に移住した。それを確認した瞬間、ヒューバートと航はまたもハイタッチを交わ

した。

「周囲に花が多い季節だったことも幸いしたかもしれない。今なら、この庭の中だけでも、充分な量の蜜を再度集め始められるはずだからね」

庭にはいたるところ、カモミールの小さな花が群生している。摘んでも摘んでも次々に咲き、際限がないありさまだ。これが来年には自然なこぼれタネでさらに繁殖するというから、なよなよした植物に見えて、その生命力は実にたくましい。

「でも、天井裏の蜜と蜜蠟はわたしたちの都合で使うから、彼らにはその分、お返ししなくちゃね」

そう言って、ヒューバートは濃く溶いた砂糖水を浅い皿に入れ、その中に小枝を数本浮かせたものを巣箱の近くに置いた。早速、浮いた小枝に数匹のミツバチが止まり、砂糖水を吸い上げているように見える。

「へえ、ハチにエサをあげることなんてできるんだ」

航は興味深く観察しながらつぶやく。それにヒューバートが捕捉説明をした。

「人工的な養蜂では、こうやって蜜量を増やすこともあるそうだ。蜜をかさ増ししているようなものだから、本来は好ましいことではないが、巣を移ったばかりでたくわえの乏しい彼らには、少しくらいサービスしてあげてもいいだろう」

「そうですね、とてもぼくたちだけでは消費しきれないくらいの蜜をいただいちゃいましたしね」

航は台所に並んだはちみつの大瓶を思い起こして、少し困惑した。主にヒューバートの努力と技術と少々の魔法によって、大量の蜜と、ミツバチたちの巣材である蜜蠟が手に入ったのだが、蜜蠟のほうはともかく、はちみつはどうやって消費すればいいのだろう。毎朝トーストにぺったりたっぷり塗ったとしても、数ヶ月ではとても使いきれそうにないし、人工的に熱処理していないはちみつは生鮮食料品なので、貯蔵方法を誤れば食中毒を起こしかねない。さてどうしたものか、というのが、航とヒューバートの次の懸案だった。

「航、思うんだけどね」

ヒューバートは、やわらかな微笑を浮かべて告げた。

「蜂蜜酒《ミード》を作るのはどうだろう」

「蜂蜜酒《ミード》――ですか？」

「そう、今はふつうにお酒として飲まれているけれど、その昔は嗜好品というより精力剤扱いで、新婚夫婦が新床を無事に済ませるために飲まれていたという。だから新婚すぐの期間のことを蜜月《ハニームーン》と言うんだよ」

へぇ、そこから来ていたのか、などと、航はとても平静には考えられなかった。新婚夫婦の新床のための精力剤、蜜月……色っぽいワードに、頬が熱くなる。

「まあ、歴史上、ショコラだの牡蠣《かき》だの、物珍しい食べ物が媚薬《びやく》扱いされてきたのと同じで、科学的根拠があるわけじゃないんだけどね……ほら」

ヒューバートは、手のひらの上に小箱を取り出し、ぱかりとその蓋を開けた。中には、とっぷりと黄金色の蜜に浸った六角形の集合体が詰まっている。きっちりと規則的で、きれいだ、とても。

「これは？」

「コムハニー。日本語で言えば『巣蜜《すみつ》』かな。はちみつを絞る前に、一部だけ取っておいた。こうして巣ごと食べると栄養があるんだよ」

巣は少し噛み応えがあるけどね、と言いつつ、ヒューバートはそのひと隅を指先でえぐり取った。規則的に美しく並んだ六角形がぐしゃりと潰れ、蜜を垂らしながらヒューバートの指に載って、航のほうへ差し出されてくる。

「ほら、航」

口を開けろ、という意味だろうか。航は少々戸惑ったものの、ヒューバートの魅惑的な微笑や、その呼び声の、独特の響きの深さに、ふわりと酔ったような気分になり、いつしか唇を開いていた。

ヒューバートの指ごと、巣蜜を舐める。

――甘い。こんなに、脳髄を痺れさせるような甘さは、かつて味わったことがない。これはもしや、本当に媚薬効果があるのでは……。

「ふふ」

ヒューバートは素直に口を開いた航の様子に含み笑い、その指の腹で、航の舌をちらりと小さく撫でてから、手を引いた。

そしてその同じ指で、巣蜜のひと隅を崩し取り、自分の口に運ぶ。

そのさまを見て、航は何か、のぼせたような気分になり、首筋が焼けたように熱くなった。今、自分たちがしたのは子どもじみたことだ。ひとつ小箱の巣蜜を分け合って食べた。それだけだ。けれど自分はヒューバートに促されるまま、彼の指を口に含んでしまった。彼は求め、自分は応じ、彼に指で口腔《こうこう》に触れることを許した。その意味は決して小さくない。

「おいしいだろう？」

「……うん」

人形のように茫然と頷きながら、航は思った。

そうだ、自分たちは今、キスも同然のことをしたのだ。何だかわけがわからないうちに、まんまと誘導されてしまった、とようやく気づいた航に、ヒューバートはさらに追い打ちをかけてくる。

「ところで航、天井裏の巣を完全に取り除けたから、きみのおばあさまが使われていた寝室、今夜から使えるよ。古いベッドだけどクイーンサイズだから、ふたりで一緒に寝られる」

「ええっ？」

ふたりで一緒にって……と絶句する航に、ヒューバートは小首をかしげるような姿勢でにっこりと笑った。

「まさか、自分は車中泊のままでいいなんて言わないよね？」

「え、いや、だって……」

航は視線が泳ぐほど狼狽した。いきなり彼とひとつ布団で寝るなんて、そんなの、心臓に悪すぎる。

何とかうまく断れる言葉を探そうとする航だったが、

「そんなつれないこと言うなら、わたしも居間の寝苦しいソファで寝るのをやめないよ」

「そんな、ヒューバート」

「わたしの気持ちを無にしたりなんかしないよね？　何とかきみを楽な場所で眠らせてあげたい一心で天井裏に潜ってまで整えた部屋なんだから」

ヒューバートは、航の退路をばっさり断ち切ってしまった。

航は頭を抱えた。素敵な魔法使いには、なかなかにしたたかなところもあるようだった。


その夜のことだ。

「ふーっ」

杖のランタンが発する照明がわりのはちみつ色の光の中、ヒューバートはクイーンサイズのベッドに身を横たえて伸びをしつつ、気持ちよさげに嘆息《たんそく》を漏らした。

「仕事柄、いろんな場所で長期間寝ることには慣れてるけど、やっぱりベッドはいいなぁ。体が芯から休まるよ」

「……」

その隣にすでに仰向けに横たわっている航のほうは、それほどくつろぐ気分になれなかった。彼とは必要以上には接近しないと心に決めていながら、何でこうなる……。

ヒューバートのランタンの中のシトリンは、電灯ほどには安定して光らず、チラチラと不安定にまたたいている。航は、すぐ隣にひとつ布団で横になっているヒューバートの身動きをいちいち意識しながら、カチンと全身を固くした。

そんな航の顔を、ヒューバートの濃い琥珀色の目が面白そうに眺めている。

「航、そんなミイラみたいな姿勢で固まってないでさ、きみももっとリラックスしなよ」

ヒューバートは片肘をついて頭を支えながら、やさしい声音で語りかけてくる。

「広さは充分あるんだし、多少、蹴られたりぶつかられたりしても、わたしは平気だから」

「いや……そんなわけには……」

ヒューバートが言うところの、固まったミイラのような姿勢のまま、航はころりと転がって彼に背を向けた。

背後でヒューバートが、クスリと笑う気配がする。確かにこうまであからさまに警戒していては、逆に意識していることがバレバレだ。心臓が壊れそうなほど脈打っていて、その音さえ彼に聞かれてしまいそうである。

（は、恥ずかしい……っ）

身悶《みもだ》えしたいのを必死にこらえながら目を閉じていると、背後から物柔らかな声がした。

「おやすみ、航」

そして、ぽん、と固まった肩を叩かれる。

ヒューバートは何やら呪文をとなえ、ランタンの魔法の光をスウッと小さく絞った。

ほのかな蛍火が、ゆっくりとしたテンポで明滅し始める。

やがて航の背後から、すうすうと規則正しい寝息が立ち始めた。

（……寝ちゃった？）

航はおそるおそる、背後をかえりみた。

ヒューバートは、見惚れるほどに形のいい鼻先を天井に向けたまま、端正に瞑目していた。彼の寝顔は数度ならず見たことがあるが、改めて、こんなに美しい人だったのか、と目を奪われる。

「ヒューバート……」

航はしみじみと思った。

あなたに告げるつもりはないけれど、ぼくはもう、ずいぶんあなたのことを好きになってしまったみたいだ。あなたの体に刻まれた、あのひどいやけど痕を見たあとも、それは変わらない。それどころか、あなたへの興味がますます募っていくのを感じているよ。本当のあなたは、いったいどういう人で、今まで、どこで、どんな経験をしてきたんだろう。

家族は――愛する人は、いるんだろうか……？

そこまで考えて、航は、自分がヒューバートのプライベートをほとんど知らないことに気づいた。

正確な年齢。家族構成。どうして古い家屋敷を愛するのか。そしてあのやけど痕はどういうわけなのか。自分のほうは、聞き上手な彼につられるように、曾祖父母たちのエピソードまで話したというのに。

　思えばいつも、ヒューバートは優雅な笑みを浮かべて、航を幻惑してきた。彼は航の心の中へどんどん立ち入ってくるのに、航がヒューバートのほうへ踏み込むことは、巧妙に許そうとしない。

（……ずるい人だ）

　航は初めて、このヒューバートという青年に憎たらしさを覚えた。鼻でもつまんでやろうか、とついイタズラ心を起こした、そのときだった。

「う……」

　まだ航が触れてもいないのに、ヒューバートがうめき声をあげた。驚いて体を起こすと、美しい顔が見る間に苦悶に歪《ゆが》み始める。

「ひ……」

「ヒューバート？」

「ひ、が……！」

　ヒューバートはまだ目覚めていない。うわごとだ。航は思わず、その体に手を振れて揺さぶった。

「ひ？　どうしたの、ヒューバート？　ひ、って何？　火のこと？　火の夢でも見てるの？」

　航が肩に触れると、彼はまるでその手を振り払うように激しく身悶えた。

「と、さん、父さん……ソフィア……グレー……！」

人の名前？　家族だろうか。それが火に――？

火。火災。背中のやけどの痕跡。

頭の中でその言葉の意味が一直線に繋がった。おそらく、ヒューバートは今、過去に経験した災害の夢を見ている。そしてその災害には、ヒューバートのみならず、おそらくは彼の大切な人々も巻き込まれたのだろう。

「ヒューバート、ヒューバート……！」

無理矢理にでも起こしたほうがいいだろうか。迷いを感じた航の脳裏に、不意によみがえった声がある。

それはヒューバート自身の声だった。あのとき、古いオーブンの中に棲み着いた湿った生き物を眠らせた、英語の子守歌。あれを歌えば――。

航は記憶をたどりたどり、そのメロディーを口ずさんだ。

航は低くゆっくりと歌いながら、ひとつのことを願った。

どうか自分に、優美なるハンナの血が、少しでも伝わっていますように。

この歌声に、彼女から伝わる祝福の魔力が込められていて、それがヒューバートを癒してくれますように――。

その願いは、どうやら通じたようだった。

苦悶していたヒューバートは、少しずつ落ち着き、ほどもなく、安眠を取り戻した。

「良い夢を」

航は薄明りの中ですらまばゆいヒューバートの金髪をひと房、掬いあげ、それにキスを贈った。

——自分にも、彼にしてあげられることがあった。

その事実は、航の心をひそかに温め、やがてその温もりの中で、彼自身も眠りに落ちた。

思いがけず安らかな夜が、ふたりの横たわるベッドの上に降りて行った——。

翌朝。

航は朝の光が差すキッチンで、ポテトパンケーキを作っていた。

マッシュしたじゃがいもに塩とバターと卵を加え、生クリームとヨーグルトで伸ばしたところに、つなぎの小麦粉を適量振り入れて粘りを出す。それを鉄板で、両面こんがりと焼くのだ。つけあわせは摘みたての新鮮なベビーリーフ。そして砕いた黒コショウを混ぜたクリームチーズだ。

「スモークサーモンでもあれば、もっと豪華になるんだけどな……」

祖母の遺品のひとつであろう、英国風のグリドルストーン（円形の平たい鉄板）に、タネをどら焼き程度の大きさに円く置きながら、航はつぶやいた。今度町まで買い出しに出かけたときは、忘れずに仕入れてこよう。

今朝もキッチンのオーブンは快調に燃えている。ということは、この屋敷そのものが快調、ということだ。航がベッドを出たときはまだ眠りの中にいたヒューバートも、そろそろ起き出してくるだろう。今日も、カモミール・ハウスの不思議な一日が始まろうとしている。

ふたり分のパンケーキが黄金色のいい色合いに焼きあがったころ、亡き祖母の寝室から人が出てくる気配がした。寝起き顔すら麗しいヒューバートが、「おはよう」とキッチンに顔を出す。

その顔を見て、航は安堵を覚えた。どうにか何事もなく——何の間違いも起こさずに、一夜を過ごせたな、と。

「おはようございます、顔を洗ってきてください。もう出来上がりますから」

ヒューバートは少し離れたところから航の手元を苦労して覗き込んだ。腰を痛めそうな不自然な姿勢だ。

「今朝はポテトパンケーキ？　毎朝、手の込んだものを用意してもらって、何だかすまないね。別に毎日シリアルとかでもいいんだよ？」

「大丈夫ですよ。料理は好きですから苦になりません。このオーブンも、こまめに使い込んだほうがどうやらいいようですし」

ヒューバートはすまなさそうな顔をしつつも、屋敷裏の泉水まで顔を洗いに行った。すでに引かれているキッチンの水道を使うつもりはないようだ。さりげなく振る舞ってはいるが、彼の火への怖れは相当ひどく、オーブンを使っている最中のキッチンには決して近寄らない。

（火、か……）

航は昨夜のヒューバートの尋常でない様子を思い出さずにいられなかった。

いったい彼の過去に、何があったのだろう。航は決して好奇心からではなく、ヒューバートへの痛ましさから考えを巡らせた。いったい、どんな悲惨なことが起こって、彼の体にあのひどいやけど痕が刻まれることになったのだろう。いったい、彼の過去に何が――。

そうして考えにうち沈んでいるうちに、顔を洗い、髪をとかしたヒューバートが帰ってきた。航も気持ちを切り替え、形よく盛り付けたプレートをふたつ、食事室のテーブルに並べる。

キッチンと食事室は、落ち着いた色調の家具調度といい、テーブルにかかった手刺繍のクロスといい、祖母がここで存命していたころの典雅な雰囲気をすでに完全に取り戻していた。ご本尊ともいうべき「優美なるハンナ」の肖像も、細心に埃を払われ、その微笑みを輝かせている。

キッチンで紅茶用の湯が沸く音がする。

「紅茶はイングリッシュブレックファストでいいですか？」

「ああ、もちろん――やあ、今朝もおいしそうだ」

いつもながら自然な、それでいて洗練された仕草で席に着くや否や、ヒューバートはまた、「この焼き色はもはや芸術だな」などと、航の料理を絶賛し始めた。

「この仕事を終えて国に帰ったら、また携帯食ばかりの食生活かと思うと気が重いよ。もういっそ、帰りたくない」

「か……」

帰らなければいいじゃないですか――と言いかけて、航は危ういところでとどまった。どうせお愛想の口車だ。真に受けてしまっては、あとで自分がバカを見る。

（でももし、この家で、彼と一緒に暮らせたら……）

航は思わず手を止めてその空想に耽った。もしそれが実現したら、他にはもう何もいらないくらい素敵なことだ。

別に恋人に、なんて高望みはしない。ただ一緒に、穏やかに暮らす同居人くらいでいい。毎日こうして、一緒に食卓を囲んで、お茶を飲みながら何気ない会話をして――。

「航？　どうしたの」

考え事をしながらお茶を淹れるのは危ないよ、とヒューバートの注意の声が飛んできて、航はハッと現実に立ち返った。「ああ、そうですね」と返事をして、自分も席に着く。

「じゃあ、いただきます。……ねえ航、さっきいったい何考えてたの？」

「え、あ、その……」

航はもっともらしい嘘をひねり出す間を稼ぐために、パンケーキをナイフで必要以上に細切れにした。

「その、浴室を直すのは、やっぱり業者に頼もうかなぁ、と――」

「あれ？　以前、自分でコツコツやるって言ってなかったかい？」

「そうですけど、床のタイルの張替えくらいならともかく、ボイラー設備とかになると、素人じゃお手上げだし、何より――」

航は上目遣いでヒューバートを見やった。

「何よりあなたに、いつまでも冷たい泉水で水浴びなんてさせておきたくないから――」

航はＤＩＹも嫌いではないから、あれこれ凝りたい気持ちはあるが、もう浴室だけはプロに頼んで、最新設備をパパッと入れてもらおう、たぶん、見積もりを入れても、一週間もあれば、すぐにピカピカの立派な浴室が出来上がるはずだ。そう告げると、ヒューバートは「いや」と首を振った。

「わたしのことなど気にしないでいい。きみはきみの好みや考えを優先すればいいんだよ」

「……」

それは、どうせ自分はもうあまり長いことここにいるわけではない、から？　航が口に出して尋ねる勇気もないまま、腹の中で考えていると、ヒューバートはにっこりと笑った。

「それはそうと、さきほど起き抜けに、意外な相手と出会ってね」

「意外な相手？」

また新手の妖精か何かか、と思った航の目の前に、ひょこり、と現れたものがある。

それはヒューバートの膝に乗っているらしかった。くるくる巻いた赤茶色の毛、円形の耳、つぶらな瞳、つんと出っ張った鼻先。

テディベアだ。彼はテーブル越しにじーっと航を見つめるようなそぶりをしたあと、短い、指のない手を、やあ、という風に挙げてきた。

「……ヒコ？」

航は目を瞠った。自然に、その名が口をついて出てきた。

記憶からは、ほとんど消え去っていた存在だったのに――。

「やっぱりきみの友だちか」

ヒューバートが明るい声で言った。

「あの寝室の作りつけキャビネットに、大事に、袋に入れて仕舞われていた。この家に最後にいた子どもはきみだから、おそらくきみのだろうと思っていたけど――」

そうだ、ヒコはあのころ、両親から離れてこの家に預けられていた航が、風邪を引いたときに、祖母が与えてくれた友だちだった。彼は不思議な子で、しゃべれはしなかったが、動き回ることができて、航の行くところへは、どこへでもちょこちょことついてきた。夏の庭を一緒に駆け回り、彼だけ草の実だらけになって、祖母が苦笑しながらそれを一粒一粒取ってくれたこともある。少し不思議な、でも輝かしい少年時代の思い出――。

「そうだ、ヒコだ、思い出した。きみは……」

春子ばあちゃんにプレゼントされたとき、「名前はあなたがつけてあげなさい」と言われて、とっさに頭に浮かんだ名前が「ヒコ」だったのだ。

ヒコは、あの当時の、航のたったひとりの親友だった。どうして彼のことを、今まで忘れていた？

それは――そうだ、この屋敷から、ようやく両親のもとへ帰れる日が来たとき、祖母が「ヒコは連れて帰らないほうがいい」と言ったからだ。

――あなたのお母さんは、現実離れしたことが嫌いだから……。

別れを嫌がって泣きじゃくる航に、ヒコはわたしが預かっておくわ、と祖母は告げたのだ。そうして、あのシトリンのついたこの屋敷のスペアキーを、ヒコの代わりのように渡して、「あなたはいつこの家に帰ってきてもいいのよ」と……。

（そうだ、そうだったんだ……！）

受け取ったものの、結局大人になるまで使うことはなかったあのキー。祖母のもとにいたころ、熱を出して寝込んだあとの、記憶の欠落。時折胸をよぎった、失われた懐かしい感触。すべてが一本の糸で繋がった。

ぴょん、とヒューバートの膝から飛び降りたヒコが、とててて、とテーブルの下を走り、航のほうへ駆け寄ってくる。

「ヒコ……！」

航は手を伸ばし、絨毯の上に膝をついて、テディベアを抱きしめた。ぎゅっときつく抱きしめた。

「ヒコ……！」

自分でも思いがけず、涙があふれた。懐かしい。懐かしくてたまらない――。

「イギリスではね」

ヒューバートがしんみりと言った。

「大半の人が、大人になっても、子どものころの『最初の友だち』であるテディベアと一緒に眠っているそうだよ……きみのおばあさまは、いつかきみがこの家に帰ってくる日が来ると信じて、その子を大切に保管していたんだね」

ヒューバートのやわらかな言葉が、航の心に染み入っていった。


斧を振り下ろすと、航の太ももほどもある薪に、刃ががっしりと喰い込んだ。一刀両断に断ち割ることはできず、航は薪に喰い込んだ斧をそのまま、二度三度と台座に叩きつけ、ようやくいびつながら真っ二つにする。それでもオーブン用の薪としては太すぎるので、それをさらにまた二分割、四分割しなくてはならない。

重労働に、ハァ、ハァ……と息が切れる。今朝方から意地になって大量の薪割りをこなしてきたせいで、手にできた豆が、今にも潰れそうだ。

そんな航の衣服の裾を、ちょいちょい、と引っ張る者がいる。

「ヒコ」

航はその小さな姿を見下ろしながら微笑んだ。

「無茶はするな、って言ってくれているのかい？」

「……」

赤茶色のテディベアは、そうだ、と告げるように、コクコクとうなずく。

「うん、心配してくれてありがとう。でも薪の蓄えをたくさん作っておかないと、ヒューバートにおいしいものを食べさせてあげられなくなっちゃうから――」

台座に太い薪を立てて置き、斧を構え、振り下ろす。今度は見事にパカリとふたつに割れた。

この作業にも、だいぶ慣れたな、と航は思った。今もなかなか思うに任せないが、最初に斧を手にしたころの悲惨さに比べれば、ちゃんと薪に刃が当たるようになっただけでも大した進歩だ。

薪を立てる。斧を構える。振り下ろす。

カン、といい音がして、薪が割れる。

「ねぇヒコ」

航は近くの置石にちょこんと座っている旧友に語りかけた。返事がないことは承知の上だ。

「ぼく……ヒューバートのことを、好きになってしまったみたいなんだ」

カン、と割れる。

「その……そういう意味で」

当然ながら、ヒコはそれについて何も言わない。

「ヒコは変だと思わないの？」

航の問いに、ヒコはただじっと、つぶらな瞳を瞠っている。別にそんなの、変だなんて思わないよ、と言わんばかりの顔に見えた。航はそんな幼なじみに向かって、「ありがとう」と微笑みかける。

「世の中には、まだ理解してくれない人も多いから——きみが理解していてくれるだけで、ありがたいよ」

　そのヒューバートは、屋敷裏の泉で水浴び中だ。今日はきちんとタオルも着替えも持たせたから、先日のようなことにはならないだろう。

（でも、きれいだったな、あのときのヒューバート……）

　航は改めて感激に打たれながら、その光景を回想した。

　背中にあるやけど痕がどれほど無惨であろうと、いやだからこそ、ヒューバートの美しさには一種の神聖さが宿っている。

　航は人の外見に惹かれるほうではないが、ヒューバートほどの人となれば話は別だ。あの瞬間、すでに落ちていた恋が、さらに深い奈落の底へと落ちた気がする。

（それにしても）

　航は斧を使いながら思う。

（でも、あのとき、ぼくが覗き見をしてしまったこと、彼は本当に何も気づいていないのだろうか……？）

　その可能性は低いだろう。何しろ航はあのとき、猪《いのしし》が藪を走るような音を立てて慌てて立ち去ったし、第一、自分が持ってきた覚えのないバスタオルが岸辺に置かれていれば、それだけで察しはつくだろう。航が来たのだ、そして見られたのだ、と。

それなのにヒューバートは、そのことを何も問いただそうとしない。相変わらず明るくて、仕事熱心で――それでいて、巧みに心の奥底を明かそうとしない。

「ぼくは彼のやけど痕のことなんて、何とも思っていないんだけどな――」

それをヒューバートに告げるべきだろうか、と航は悩んだ。だがそんなことをしたら、逆にヒューバートを傷つけるのではないだろうか。彼が黙っているのなら、このまま航も見ざる聞かざる言わざるを決め込むべきではないだろうか――。

ガツン、とまた斧の刃が薪に喰い込み、それと同時に、航の手のひらに痛みが走った。

「いっ……！　たたた……！」

斧の柄に血がつく。都会育ちの航にとって、手の豆を潰すなんて経験は、生まれて初めてだった。

ヒコはその様子を見て、ひゃっ、と身を縮めたようだ。トコトコと駆け寄ってきて、大丈夫？　とでも言うかのように、航の裾をぐいぐい引く。

「ああ、ごめん、心配しなくて大丈夫だよ。さすがにちょっと、がんばりすぎたかな――」

血のにじむ手のひらに、ふうふう、と息を吹きかける。

「……そろそろお茶でも淹れようか」

ヒコに声をかけると、それがいいよ、という態度で、先に立って屋敷のほうへ向かい始める。

咲き誇るカモミールを掻き分けるようにして歩くその小さな姿を、疲労困憊《こんぱい》で汗まみれの航は、ゆっくりと追いかけた。

（子どものころもそうだったけれど、ヒコがいてくれてよかった……）

航はヒコを大切に保管してくれていた祖母に、改めて感謝の意を捧げた。もしあのとき、航が無理にヒコを父母の家に連れ帰っていたら、ヒコはおそらく非現実的なことが嫌いな母に、あっさりと処分されていただろう。祖母はそれを見越してヒコをこの屋敷に留めておいてくれたのだ。大人になった航と、いつか再会できるように。

ヒコ。きみのように、話を聞いてくれる存在がいてくれて、どれほど助かっているか、と航は思った。

このまま、穏やかにときが流れていけばいい、と航は思った。この屋敷、カモミール・ハウスも、浴室を除けばだいぶ整った。ヒューバートが去る日も、おそらくそう遠くはないだろう。もしかすると、次の満月の夜にでも、またホウキに乗って――。

とん、とふくらはぎのあたりを、やさしい力で叩かれる。ヒコの指のない丸い手先が、航を元気づけるように触れていた。「うん、元気出さないとね」と返事をした航は、ふと周囲の庭を見回して思いついた。

「ヒコ、お昼前のお茶だけど、カモミール・ティーにしてみようか」

ヒコは、それはいい思いつきだ、と言わんばかりに、コクコクとうなずいた。航は、「よーし、待ってて」と告げるや、潰れた豆の痛みも忘れ、そこらじゅうに咲き乱れているカモミールの花を、手あたりしだいに摘み始めた。摘んだ花は、Tシャツの裾を引っ張り出したところに載せる。

カモミールは、本当は朝露が残る早朝の時間帯に摘むのがいい。その時間がいちばん真ん中の黄色い部分に精油が溜まっているからだ。だが売り物にするわけでもないし、自分たちで楽しむ分には、正午前のものでも充分だろう。フレッシュの花の場合、乾燥させたものに比べて三倍ほどの量が必要になるから、この場合、両手に山盛り一杯、というところだろうか。だがこの庭は、とにかくいたるところカモミールが茂っているから、それだけの量を集めるのにも、大して手間はかからない。

「よし、じゃあヒコ、キッチンでお湯を沸かそう」

摘みたての花を満載したＴシャツの裾を引っ張りながら告げた航に、ヒコは「おう」とばかり片手を突き出して応じた。

キッチンのオーブンには、朝につけた火が熾火《おきび》になってまだ燃え残っていた。熱効率がよくて、あまり大量に薪を消費せずに済む。ありがたい限りだ。

航は潰れた豆の痛みをこらえながら手を洗い、火口にやかんをかける。それから、ヒューバートがなかなか戻ってこないことが気になり始めた。

ヒューバートは、ちゃんとバスタオルと温かい着替えを持って行っただろうか。夏も近いとはいえ山の空気は冷涼で、あまり体を冷やすと、風邪を引いてしまうかもしれないし……。

「っていうか、魔法使いって風邪引くのかな……？」

彼ならどんな病気でも不思議な魔法で治せちゃいそうな気がするな……などと考えている間に、湯が沸きあがる音がする。

やかんの大きさに対して、少々水量が多かったのだろうか。気がつけば湯口から湧いた湯がゴボゴボと音を立てて噴出していた。ガスコンロならすぐ火を消せるのだが、あいにくと薪オーブンではそうもいかない。盛んに湯を沸きあがらせるやかんを火口から下ろすしかないのだ。航が慌てて手を伸ばすと、潰れた手の豆に、焼けた持ち手が触れた。

「うっ……！」

ガシャン！　と音がして、やかんが横倒しになり、床に落ちる。

「熱……っ！」

航は熱湯を浴びた膝先を抱えて、悲鳴をあげた。それを見たヒコは文字通り飛び上がり、航の周囲をピョンピョンを跳ね回った。

「だ、ダメだヒコ、近づいちゃ……！　もしお前の体に火がついたら……！」

それでも近寄ろうとするヒコを、航はやむを得ずわし摑み、食事室のほうへ乱暴に放り投げた。

「いいか、キッチンへ入るんじゃないぞ！」

そう怒鳴ると、航は自分の膝に泉から引いた水を流しかけた。熱傷《ねっしょう》はとにかく、最初に清潔な流水で冷やさなくてはならないのだ。

（それから……それから、どうしよう？　こんな場所に救急車が来てくれるか？）

ひりつく痛みの中で、脂汗を流しながら懸命に考えていると、

「航！」

タタタ、と飛ぶように駆けてくる軽い足音がした。見れば何と、ヒューバートが下半身にタオルを巻いただけの姿で、こちらへ向かってくる。足元は裸足。体は泉の水に濡れたままだ。

「航、何があった！　やけどしたのかっ？」

「っ、ヒューバート、どうして……！」

「ヒコが呼びにきてくれた。ケガをしたのはどこだ！　こっちの足かっ？」

ヒューバートが半裸のまま、航の前に屈み込む。そして航の衣服の膝下を、不思議な魔法で、ざっくりと切って取り除いた。

——ああ、濡れた金髪がきれいだな……。

熱傷に苦しみながらも、航はそんなことを考えた。以前、沐浴姿を盗み見てしまったときも思ったが、色男が水に濡れている姿は、どうしてこうも美しいのだろう。やけどの痛みなど忘れて、魂が浮遊してしまいそうだ——。

ぼぉっと愛しい人の頭頂部を眺めていた航に、不意に気持ちよく冷たい感触が走った。

見ればヒューバートが、屈み込んだ姿勢で航の膝に手をかざし、何かほんのりと青く光る力を注ぎ込んでいる。その力が、心地よい冷たさとして航に伝わっているのだ。

「ヒューバート」

「じっとして」

ヒューバートは身じろごうとする航を叱りつけたが、航はヒューバートが泉水の冷たさに皮膚の色を青白くしていることのほうが心配だった。濡れた金髪からは水滴が滴っている。背中にある、ひきつれ、ゆがんだやけど痕の上にも、次々と。

「その格好のままじゃ風邪引いちゃうよ、ヒューバート」

「大丈夫だ、この程度。すぐ終わらせるから、航」

　ヒューバートの手から発せられるふわりと青みを帯びた光は、長い時間をかけ、独特の冷感をもって熱湯をかぶった航の膝を癒していった。真っ赤にただれかけていた皮膚は健康なピンク色を取り戻し、あれほど焼けつくようだった痛みも、徐々にではあるが、嘘のように消えていく。

　だがそれと引き換えるように、ヒューバートの全身は青みがかった寒そうな色に覆われていった。濡れたまま空気にさらされた皮膚が、体温を失っていっているのだ。鳥肌も立っている。

「ヒューバート、よせ、もういいよ。早く体を拭かないと、きみが――」

　逃れようと腰を浮かせる航を、ヒューバートは無理矢理座らせた。完全に治癒するまでは、決して治療をやめない。そんな決意を感じる姿だった。

「ヒューバート……」

　彼はやけど痕を隠す気もない、剥き出しの半裸姿だ。航の急を聞いて、取るものも取りあえず駆け付けてくれたのだ。

　航は胸の中で泣いた。ヒューバート、きみは、こんなぼくを、そんなにしてまで……。

「よし、完了」

長い長い祈りと魔術をほどこす時間を経て、ヒューバートはようやく航の膝から離れた。

「もう心配ないよ、これで後遺症も痕も残らない。航、航……くしゅん！」

冷え切り、すっかり青白い肌に変じたヒューバートが、続けざまにくしゃみをしながら、身を丸めた。


日が暮れても、その日の夜空は妙に薄明るかった。不思議に思った航が窓越しに空を見上げてみると、驚くほどにくっきりと明るい満月が浮かんでいる。

「そうか、今夜が満月だったのか――」

つぶやくと、ちゃぷん……と、手元の洗面器に溜めたぬるま湯が波打った。あ、いけない。ぼーっとしている暇はないんだった。

「ヒューバート？　入るよ？」

亡き祖母の寝室だった部屋に入ると、例の杖の先にぶら下がったランタンが、巨大なクイーンサイズのベッドにひとりで横たわる金髪の青年の顔を照らしだしていた。

「具合どう？　気持ち悪くない？　吐き気は？」

「うん、大丈夫――喉が腫れて少し痛いだけ」

そう告げる声は、だがかすれて弱々しい。出会ったその日からずっと、まばゆいばかりに生命力を輝かせている彼だったのに、今はひどく弱っている。

「もしかして、ぼくのやけどを魔法で治療するのに、力を使いすぎたから――？」

「いや……ただ単に、びしょ濡れのままで長い時間いたから風邪を引いただけだよ……」

そうだとしても、そもそもは航が不用意にやけどをしたことが原因だ。やはりヒューバートのこの状態は、航の身代わりになったと考えるべきだろう。航は悔恨《かいこん》の思いでぬるま湯に浸したタオルを絞り、ヒューバートの体を起こした。

「汗びっしょりだ。体を拭いて着替えよう。脱がせてもいいかい？」

「……」

ヒューバートはしばらく思案するような様子を見せたが、やがてこくりとうなずいた。抵抗されるかもしれない、と思っていた航はそれで安堵し、ヒューバートの寝衣を脱がせた。

シャツをめくると、背中一面を覆う、醜くひきつれたやけど痕が姿を現す。航がそれを見ているのをヒューバートも分かっていたが、互いに何も言わなかった。

航は無心にタオルで彼の体を拭いてゆく。やけど痕はなるべくこすらないよう、気を遣って。

「よし、これでいいや。シーツも替えよう。少しだけベッドから降りてくれるかな？」

「……航」

「なあに？」

「わたしは醜いだろう？」

らしくもなく自嘲するような声音だ。この痕のこと、以前からそう思っていたんだろう？　と問いたげな、微妙な間合い。

「そんなこと、一度も思ったことない」

　航はそれを押し潰すように即答した。一瞬でも躊躇《ちゅうちょ》すれば、彼を傷つけてしまうとわかっていたから。

「よし、終わり。ヒューバート、横になって。気分はどう？」

　あえて明るい声で告げると、ヒューバートも微笑する。

「うん、さっぱりした。ありがとう航。たぶん一晩ゆっくり眠れば治る……」

　コンコン、と咳が出る。そのつらそうな絡みつくような音に、航は胸が痛んだ。

「ねぇヒューバート、何かいい魔法はないの？　ぼくのやけどをその場で治してくれたみたいにさ。一瞬で風邪が治せるような――」

「……残念だけどね、航――。魔法使いは、自分自身の体には治癒魔法を使えないんだ」

「そんな――」

「いや、違うんだ。そういう掟とかがあるわけじゃない。ただ魔法っていうのは自分自身の生命を座標軸にして……」

　コホコホ、とヒューバートののどが鳴った。

「第一、自分自身を治癒させることができるなら、わたしはとっくに背中の傷痕を消しているよ」

それはそうだ、と航は思った。

結局、そのことに触れさせてしまった。それを謝ると、ヒューバートは苦し気な顔ながら微笑した。

「ごめん」

「――いいさ。別にわたし本人は、恥じていたわけでも、隠したかったわけでもないんだ。ただ、あまりに醜いケロイド状になっているから、うっかり子どもの目にさらして、怯えさせてしまったことがあってね――」

だから人目に触れないように振る舞っていた？　他人を怖がらせないように？　航は息を呑んだ。なんて心やさしい人なんだろう、この人は。そして、他人を怯えさせないよう、いつも細心の配慮をして生きているなんて、何て悲しい人なんだろう――。

「聞いてくれるかい、航。わたしがどうしてこんな姿になったのかを」

航は横たわるヒューバートの手に自分の手をそっと重ねた。

「――あなたが話したいのなら。でもしゃべると喉が痛いのなら、無理はしないで」

航の返答に、ヒューバートはうなずいた。

「――わたしの両親は、人も羨むほどの、それは仲睦まじい夫婦でね……わたしの下には、年の離れた妹がふたり生まれた。ソフィアとグレース。わたしにとっては誰よりも可愛い、双子の妹だった……」

コホコホ、と咳が出る。

「わたしたちは、このカモミール・ハウスよりも古く、さらにひと回り大きな美しい屋敷に住んでいた。やさしい両親、可愛い妹たち、丁寧に手入れされた美しい庭と屋敷……幸せだった……毎日が花園にいるかのように――」

だが双子の娘たちが物心つくころになって、突然、魔法界の名門クレイトン家を暗雲が襲った。ヒューバートとその妹たちの母が病に倒れ、治療の手も及ばず身罷《みまか》ったのだ。発病のあと、あまりにも短期間に悪化し、治癒魔法も間に合わず、あっけなく命を失ったのだという。

「それからだ。立派な魔法使いだった父がおかしくなったのは……」

ヒューバートの父は、種々の魔法の考案者として、また研究家として魔法界に名の知れた人だったが、その名声とは裏腹に精神的にもろいところがあり、自らの魔法で妻を救えなかった現実を前に、ただただ茫然とし、悲嘆することしかできなかった。仕事も研究も放り出し、夜な夜な酒におぼれ、生活が荒れた。少年だったヒューバートは、父親の傷心を癒すすべも分からず、環境の変転に戸惑い怯える双子の妹たちを懸命に慰めながら、困惑するばかりだったという。

「そして、一日じゅう酒杯を手放さず、夜もそのままソファで眠るような自堕落な生活を決め込むようになった父は、ある夜、うっかり研究で使っていた薬品をこぼし、火事を起こして……古く美しい、大きな屋敷を全焼させてしまった。皆が寝静まっていた真夜中の火災だったから、かろうじて逃げ出せたのは、たまたま魔法学校の試験勉強で夜更かしをしていたわたしひとりだけだったよ……」

紅蓮の炎に包まれる屋敷の上に、ぽっかりと満月が浮かんでいたのを憶えている、とヒューバートは言う。その光景は、なぜか航の目にもありありと浮かんだ。

　おそらくヒューバートは、背中に負った大やけどの痛みに半ば意識を失い、倒れ伏しながら、生家が家族と共に燃えていく光景を見たのだろう。その想像に、航の胸は裂けるように痛んだ。その夜のその時間にタイムスリップして、ぼくが代わってやれたらどれほどいいか、と真剣に思った。涙がにじみ出る。

「航」

　ヒューバートの手が、そんな航の顔に伸びてきた。男っぽい固い手が、物柔らかな手つきで航の頬を撫でる。

「泣かないで」

　航はその手に、撫でられるがままだった。ますます涙があふれ出てくる。

「でも、ヒューバート……」

「きみを泣かせるために話したんじゃないんだ。ただ、きみに、お礼を言いたくて」

「お礼？」

　ヒューバートは熱に目を潤ませながらも、ふふっと笑った。

「きみ……この部屋で初めて一緒に過ごした夜、悪夢にうなされるわたしを、歌で慰めてくれただろう――？」

「え……」

絶句する航の顔を見て、ヒューバートの琥珀色の目が細くなる。

「夢うつつだったけれど、気づいていたよ。ああ、きみがわたしを慰めるために歌ってくれているんだって……」

あんなつたない歌を？　と顔を赤らめる航を見て、ヒューバートはもう片方の手を伸ばしてくる。

「ありがとう航……わたしは――」

ぎゅっ、と肩を掴まれた。病人とは思えない強い力に、航は驚いた。

ヒューバートが、そんなにも自分に対して執着を見せるとは思ってもみなかったからだ。

「わたしはずっと、古い家屋敷をトリートメントする仕事に没頭してきた。そうして、屋敷の持ち主にありがとうと喜んでもらうことが生きがいだった。大切な思い出のこもった屋敷を取り壊さずに済んでよかったと安堵する人の姿を見ることで、生家と家族を失った自分自身の心の傷を癒してきた。腕のいいプロフェッショナルだと褒められることに、誇りを感じてもいた――」

　航はただ黙って聞いていた。ヒューバートは今、長い間誰かに聞いて欲しかったことを、やっとの思いで打ち明けているのだとわかったからだ。

「だが、きれいによみがえった屋敷を見るたびに……本当なら、燃えてしまった生家もこうであるはずだった、父も妹たちも、今もそこで幸せに生きているはずだったのにと思うと、依頼人たちの喜びようが嬉しい反面、切なくもあった。だから本当は、心のどこかで、自分こそが誰かに、この心の穴を癒してもらいたいと切望していた――きみがわたしを、子守歌とキスで慰めてくれたように」

「……っ」

髪にキスしたことまで気づかれていたのか、と羞恥から目を逸らしてしまう航を、ヒューバートの手が引き戻そうとする。

「航、聞いて」

熱っぽい声で懇願《こんがん》されて、航はおそるおそる視線を戻す。ヒューバートは熱に浮かされた、甘く頼りなげな表情をしていた。まるで愛されることがすべての、生まれたての赤ん坊のように。

「誰かに愛されたい、慰められたいと願いつつも、顔かたちとは裏腹の、こんな醜い体のわたしだ。誰とも友人以上の深い関係にはなれないだろうと諦めていた。だがわたしの裸体を見ても、慄きも嫌悪もしないきみの存在は、そんなわたしの諦めを打ち破った。きみなら、わたしを受け入れてくれるんじゃないかと、期待を持った」

「……ヒューバート」

「――航……わたしの愛は、もうきみのものだ――。だが……」

ヒューバートは尋ねてきた。航の顔を見つめつつ。

「きみの愛は、わたしのものだろうか……？　わたしはきみに、愛してもらえるのだろうか……？」

はちみつ色の光が、ただ無言で見つめ合うふたりを照らしている。

その沈黙に、先に耐え切れなくなったのは、航のほうだ。

「み、水」

慌てて腰を浮かせ、卑怯だとわかっていながら、目を逸らす。

「水を冷たいのに変えてくるよ！　やっぱりあなた、少し頭を冷やしたほうがいい！」

ちゃぷん、と水音がしたのも構わず、航が洗面器を持って逃げ出そうとした。だがその足は、部屋のドアの前で止まった。

「ヒコ……！」

赤茶色の巻き毛のテディベアが、もふりとした体で、ドアの前に立ちふさがっていた。大の字に両腕を広げた姿勢で、首を左右に振る。

表情などあるはずもないその顔は、不思議に決然とした意志を感じさせた。つぶらな黒一色の瞳が、ランタンの光を受けてちらつくように光っている。

――逃げるな。逃げちゃダメだよ、航。

ヒコはしゃべれないながらもそう告げているのだ。今ここで起こっていることは、決してうやむやにしてしまってはいけないことだ。人の一生で、どうしても避けては通れない課題《タスク》。愛の瞬間だ。だから、逃げてはいけない。逃げたら、この先の人生をずっと、間違った道に進むことになる。

「ヒコ、お前……」

洗面器が落ちた。ごとん、と音がして、古風な絨毯の上にぬるま湯がぶちまけられる。

その水染みの前に、航は膝をついた。

熱湯を浴びてやけどをしたはずの膝。けれど今、そこには何の痛みも、傷痕もない。

素敵な魔法使いが、癒してくれたからだ。自分は身代わりに風邪を引いてまで。

「……っ……！」

航は嗚咽《おえつ》を噛み殺した。

「航……？」

ベッドの上に身を起こして、熱に浮かされた声のヒューバートが、へたり込んだ航の背を見つめているのがわかる。

「ヒューバート。ぼくは……！」

航は背を向けたまま告白した。ずっと重苦しく心にかかっていたあのことを。

「ぼくは恋人に捨てられた、いや、裏切られたから、この屋敷へ逃げてきたんだ」

「――どういうこと……？」

ヒューバートは、航の口から「恋人」という言葉が出たことに衝撃を受けたようだった。航はその声を聞いて、風邪で弱っている彼にこんな話をし始めたことを後悔した。

立ち上がり、振り向いて、ヒューバートを寝かしつけようとしながら、航は告げた。

「――この話は、また後日にしよう、ヒューバート」

今はヒコもいるし、何よりきみの体に障《さわ》る、と告げると、

「それはダメだ、航」

ヒューバートは自分を横たえようとする航の手を拒み、かぶりを振った。

「聞かせてくれ。今すぐすべてを。わたしはきみに心の内を打ち明けた。過去にあったつらい出来事も話した。だからわたしには、きみの心の内にあるものを知る権利がある。そうだろう？」

「……」

変な理屈だ、と航は思った。だがヒューバートの目は、熱で潤みながらも、容赦なく鋭い。

そんなヒューバートの目を見ていられず、航は顔を背けた。そんなふたりの様子を、ヒコはつぶらな瞳に静かな光を映して見つめている。

「……ぼくの恋人だったその人は、男の人だった」

すでに言わずもがなのことを、航は打ち明けた。自分は生まれながらの同性愛者だ、と。

それを何となく感じていたからこそ、ヒューバートも告白をしてくれたのだろう。彼の様子に、特に動揺は見られない。

「ぼくがその人と終わったのは、たった一年前のことだ。彼はある日いきなり、ぼくの上司宛にぼくとの関係を暴露するメールを送り付けてきたんだ。ぼくはその上司にひどく罵《ののし》られ、会社じゅうの噂になって、居場所をなくした」

そして恋人は航の前から逃亡し、遠い海外の僻地に渡った。それっきり今日まで音信不通だ、と航は告げた。

「そんなことが――」

ヒューバートはベッドの上で唖然とした表情を浮かべる。彼の身の上に幼いころに起こったことにくらべれば、取るに足りない喜劇だろうに、ヒューバートの琥珀色の瞳の中には、本気の怒りが満ちていた。

「そいつは、どうしてきみにそんなひどいことを？」

「……わからない」

　航を自分の破滅の道連れにしようとしたのかもしれないし、航自身が気づかないうちに、何か彼を傷つけるような言動を取っていて、それに対して復讐《ふくしゅう》したかったのかもしれない、と航は告げる。ヒューバートは顔をしかめて、「きみに限って、そんなことがあるわけがない」と言ったが、航は黙ってただ首を振った。

「それから一年ほど経ったころ、たまたま祖母が急死して、遺産としてこの屋敷が回ってきた。ぼくは会社を辞め、この屋敷でどうにか暮らしていこうと決意した。何のことはない。居心地の悪い会社から逃げ出してきたんだ」

「航……」

　ヒューバートの表情からは、いつの間にか怒りは姿を消し、痛ましさがそれに代わっていた。ヒコも心なしか、同じ表情をしているように見える。

　そんなヒューバートに、航は顔を背けたまま告げる。

「だからあなたが怖かった、ヒューバート」

　いきなりそんなことを言われて、ヒューバートが戸惑っている気配が伝わってくる。無理もない。

彼は何も悪くないのに、いきなり怖いだなんて言われれば、誰だって心外な気分になる。航は目元を拭い、深呼吸をして、気持ちを落ち着かせた。彼に説明しなくてはならない。このこんがらがった面倒な気持ちを、どうにかうまく。でなければ、やさしいこの人を傷つけてしまう。

「ぼくはあの出来事で、もう恋愛なんてこりごりだと思っていた。なのに、あなたはとても素敵で魅力的な魔法使いで、裏切られて深く傷ついたぼくの心をも、文字通り魔法のように魅了してくる。ぼくが怖くてたまらなかったのは、そのことだ――……」

「航」

航からの告白に、ヒューバートが顔を上げる。琥珀色の瞳に、喜びの熱い色が躍る。

「だけど、一番怖かったのは」

対して、航はほろほろと涙をこぼしながら告げた。

「ぼく自身が、また傷つくんじゃないかと怯えつつ、それでも、あなたを好きにならずにいられなかったことだ――」

「航……！」

その歓喜をにじませた声に、航は体がすくんで、ヒューバートを見ることができなかった。ヒコがそんな航を見て、ああ、と困惑したように天を仰いでいる。

――言ってしまった。とうとう言ってしまった。

航は愛を告白した直後らしからぬ絶望的な気持ちで考えた。どうして。どうして。あんなにダメだと自分に言い聞かせてきたのに。この唇が、心が勝手に……。

「航、こっちを見て」

コンコン、と咳き込みながら、ヒューバートがかすれた声で懇願してくる。

「わたしを好きなのが本当なら、こちらを見て」

航はそれでも、長いこと動けなかった。ヒューバートが、盛んに咳き込みながらベッドから立ち上がろうとする気配がするまでは。

「ヒューバート！　寝てなきゃダメだ！」

思わず視線を戻した航を、ヒューバートの発熱している体が、正面からぎゅっと抱きしめる。

航の頬に金髪がかかるほど、彼の体温を近く感じる。

そんなふたりを見て、ヒコは慌てたようにちょこちょこと走り、部屋の隅にうずくまって、両目を短い手で覆った。ぼくは何も見ない。何も聞かない、という風に。

「航……」

風邪で弱った彼が、のどをつらそうに鳴らしながら、囁いてくる。

「お願いだ。恋人の裏切りでつらい目に遭ったことなんて、いくらでも慰めて忘れさせてあげる。だから、どうかそれを理由に、わたしを避けないでくれ」

「……っ」

「きみが好きだ、航――もうきみのやさしさなしには、生きていけないくらいに……」

その言葉が囁かれた刹那、航は胸が詰まるような、たまらない気持ちになった。そして悟った。ぼくのほうこそ、あの満月の夜、この人がホウキの柄に横座りした姿で、夜空を飛んで現れた瞬間から、もう彼のことが好きだったのだと。

この恋の始まりは、ひと目惚れだったのだ、と——。

「ヒューバート……」

ぼくの素敵な、素敵な魔法使い。

航は彼の腕に抱きしめられたまま、伸びあがり、その唇に吸いつく。

ヒューバートの熱い舌が、それに応じてくる。

発熱している彼のすべてが熱かった。体も、舌も、唇も。

「ん……ん、ん……」

その熱を、風邪ごと全部吸い取ってあげたい、とばかり、航は彼を強く抱きしめ、舌を絡め合わせて、激しく蠢《うごめ》かせた。幾度も角度が変わり、ふたりは長い間、お互いを貪り合うようなキスを続けた。

金髪がきらめいているのが、薄く開いた目に映る。遠慮などしない。容赦などしない。こうなったら、きみの全部を奪い取ってあげる。きみの熱も、きみの病気も、苦しみも、つらい過去の記憶も。

ちゅぷ、と水音が立つ。互いの息が興奮ですっかりと上がったころ、ふたりは未練げにチュッと唇を吸う音を立てて、ようやく離れた。

はあ、はあ……と、熱のあるヒューバートの呼吸が荒い。航は、彼が倒れてしまわないよう、抱き

しめる腕に力を込めると、ヒューバートもまた、それに倍する力で抱きしめ返してくる。

「航……魔法使いの世界に、昔から言い慣わされていることがあるんだ」

熱に浮かされたヒューバートは、航を抱きしめたまま、そんなことを言い出した。

「同じ守護石を持つ者同士は、運命的に惹かれ合い、結ばれる、という、ね——」

夢見るようなぼんやりとした高揚の中で、航はそれを聞く。

「だからきみとわたしの守護石が、同じシトリンだと知ったときは、少し驚いたよ。でもそのときはまだ、そんなのただの迷信だと思っていたのだけれど——わたしたちは、やっと出会えた……きっと、生まれる前から出会う運命だったのが、やっと実現したんだ。今は本当に、そんな気がするよ、航……」

赤く上気して震えている航の頰を、熱に浮かされたヒューバートがそっと包み込む。

「好きだ、愛している、航——」

ひくっ、と航はしゃくりあげた。

「ぼくも……いや、ぼくのほうこそ、きみを好きだ。愛している、ヒューバート……」

ランタンの中からシトリンが放つはちみつ色の光に照らされながら、ふたりは寄り添い合うように、互いを抱きしめる。

そんなふたりから、すっかりと忘れ去られたヒコは、部屋の隅のほうで壁に向かってうずくまり、目を塞いだまま、微動だにしなかった。

ヒューバートの風邪がやっと完治して、ベッドから出てふつうの生活ができるようになったのは、ちょうど都合よく、浴室の改装工事が終了した日だった。航は片付けを済ませた職人たちが挨拶をして帰るのを見送り、そのまま回れ右をしてキッチンに向かった。

今日の晩餐《ばんさん》は快気祝いだ——ヒューバートの。

「おいしくて栄養のあるものを、たくさん作ってあげなくちゃ」

祖母の遺品であるスミレの花模様のテーブルクロスをばさりと広げながら、航はつぶやく。

買い出しは昨日済ませて完璧だし、薪も充分な量があって、今日もオーブンの中で快調に燃えて、すでにスープを煮立たせている。できたばかりのピカピカの浴室では、もうすぐ新品の浴槽に湯が溜まるだろう。ヒューバートにとってはゆっくりと全身湯に浸かる入浴法はなじみがないかもしれないが、病み上がりの体には、きっと気持ちがいいはずだ。庭に茂ったカモミールを、たっぷりと大量に入れた布袋を浮かべたお湯は。

「——やあ、いい匂いだね」

数日の病人生活で、起き抜けの少々よれっとした風情のヒューバートが、スリッパに足を突っ込んだ格好でキッチンに現れた。そんな姿ですら愛らしいな、と思いつつ、「気分はどうです？」と尋ねると、「もう大丈夫」と笑顔を見せる。その微笑んだ唇が、そのまま航のそれに重なってきた。

蝶々を追って庭を走り回っていたヒコが、ぽてん、と転ぶ。

ヒューバートの唇にも体にも、病的な熱が感じられないことに、航はほっと息をついた。これならお風呂に浸かっても大丈夫だろう。

「あ、そうそう。ヒューバート、お風呂に入る前に、これを飲んで行ってくださいね」

「ん？　スープ？　さっきからするいい匂いの元はそれかい？」

「ええ、ひよこ豆とニンジンをすり潰したスープです」

オレンジ色の少々とろみのついた湯気の立つスープを、航はカップに注いでテーブルに置いた。

「お湯に浸かるときは、少しおなかに物を入れておいたほうがいいですから」

そう告げて椅子を引くと、ヒューバートは素直に席に着いた。スープカップをじっと眺めて、「きれいな色だ」とつぶやく。

「この、パセリのみじん切りの緑色との対比が、何とも言えず鮮やかだね」

「ええ、ニンジンをいっぱい使いましたから、味もかなり甘めになっています。お風呂は血糖値を上げてから入らないと、湯あたりを起こしますからね」

ニンジンは、イギリス人にとっては甘味《かんみ》のひとつだ。まだ砂糖が高価だった時代、その代替として、ケーキなどに甘さをつけるために盛んに利用された名残らしい。キャロットケーキなどは、砂糖が入手しやすくなった今も、お茶席の定番として愛されている。

「さあ、どうぞ」

勧めると、ヒューバートは添えられた木匙《きさじ》を手にして、鮮やかなオレンジ色のスープをひと匙掬った。眺めるばかりでなかなか口に運ぼうとしない彼を見て、航は笑う。

「仕上げにミルクを冷たいまま入れましたから、熱々ではないはずですよ。そんなにしつこく冷まさなくても、口の中をやけどはしませんから」

「いや、あんまりきれいな色だから、食べるのがもったいなくて」

何を言っているんだか、と航は嬉しがりながらも、少し呆れた。そういえば、最初に庭で朝食を振る舞ったときも、この人は眺めるばかりでなかなか手を付けようとしなかったっけ。

「ほら、せっかく作ったんだから、ちゃんと飲んでくださいよ」

「もちろんいただくよ。ありがとう、航」

ヒューバートは行儀よくカップ一杯のスープを腹に納め、ふぅ、と息をついた。カロリーもそこそこで、固形物の入っていないスープなら、病人食続きだった病み上がりの胃袋にもやさしいはずだ。

「そうだ航、あの蜂蜜酒《ミード》、そろそろ飲みごろなんじゃないか？」

ふと思い出した、という風に、ヒューバートが言った。

「ええ。あんなにドロッとしていたはちみつが、発酵が進むとサラサラの水みたいになるんですね」

はちみつの琥珀色はそのまま残ったが、瓶の中身はもう立派な酒だ。

「味見してみたかい？」

ヒューバートに問われて、航は答えた。

「いえ、それはまだ――」

初めのひと口は、ヒューバートと共に、と思っていたのだ。そう聞いて、ヒューバートは何かちょっと悪い顔でにんまりと笑った。

「じゃあ、今夜の食後にどうだろう」

「食後に――」

「うん……ベッドで」

航はザーッと血の気が引き、そして間髪を入れず、またボッと音を立てて頭に血が上ってくるのを感じた。ヒコはずっと、我関せずの態《てい》で庭を駆け回っている。

ヒューバートの言葉の真意は、こうだ。蜂蜜酒《ミード》はその昔、新婚夫婦が初夜を無事に済ませ、その後の性生活を円滑にするために飲む精力剤だった。つまり「今夜ベッドで飲もう」とは、古式にのっとり、「それから、しかるべきことをしよう」という意味だ。

ヒューバートからは、すでに告白もされている。航もそれに応えた。それはもう情熱的にだ。ヒューバートは、体が回復した暁には、当然、ふたりはそうなるものだと思っていたのだろう。心づもりのまったくなかった航のほうがおかしいのだ。

「……ヒューバート」

航はおそるおそる告げた。

「何？　航」

「た、体調が完璧でないのなら、くれぐれも、無理はしないでくださいね……？」

ずいぶんと遠回しな航の「承諾」の答えを聞いて、ヒューバートはまたにんまりした。イタズラに成功した子どものような顔だった。手を伸ばし、航の頭を引き寄せると、チュッ、とニンジンの味がするキスをくれる。

「ありがとう、でも完璧だよ。蜂蜜酒《ミード》一杯で、朝まできみを離さない自信がある」

ヒューバートは快活に笑ったが、冗談ではない。

「――そこまで元気じゃ、ぼくのほうが持ちませんよ」

航は少々引き気味に答えた。これはもう、ぼくも覚悟を決めるしかなさそうだ、と考えたそのとき、浴室から電子メロディーが聞こえてきた。

「さあ、お湯も溜まったみたいです。ゆっくり温まってきてくださいね。しっかり肩まで浸かるんですよ。浴槽には摘みたてのカモミールをたくさん入れてありますから、気持ちいいはずです。ああでも、いくら気持ちよくなっても、お湯の中で眠っちゃダメですよ。おぼれると危ないですからね。着替えは下着までちゃんと準備してありますから」

世話女房みたいに細々《こまごま》と言い聞かせつつ、ヒューバートを浴室へ向かわせたあと、航は快気祝いの料理の仕上げに取りかかった。紐で縛った大きな豚肉の固まりにマーマレードをまんべんなく塗り、肉の各所に穴を開けては、生のローズマリーを突き刺す。これをオーブンでじっくりと焼けば、表面が飴色に焼けたローストポークの完成だ。合わせるのは、シナモンの効いたアップルソース。小さな鍋から小匙で掬って、チュッと味見をする。

「うん、我ながら上出来だ」

これならヒューバートも、きっとおいしいと言ってくれるだろう。ふくふくと幸せな気分で、そんなことを考えていたのに、ふと航は表情を固くした。

思い出したのは、あの満月の夜、風邪でつらそうなヒューバートが打ち明けた、クレイトン家を襲った過去の悲劇の話だ。

『父が過失で火事を起こして……炎上する屋敷の真上に、ぽっかりと満月が……父も、妹たちも――。助かったのはわたしひとりだった――』

ヒューバートが、しょせんは他人のものである家屋敷の手入れに、あれほど入れ込んで、ひどく熱心である理由。それを思うと、航は胸が痛む。彼は燃えてなくなってしまった生家の思い出を、仕事で手掛けた数々の古い屋敷に投影しているのだ。強い人だから、言動や態度は常に明るく、痛々しさはない。だがもう決して戻ってこないものを、その片鱗《へんりん》だけでも取り戻そうとする、その切実な欲求を考えると、航はたまらなく切なくなる。

「彼のことは、大切にしてあげなくちゃ……」

そう、かつて祖母が航にしてくれたように、大切に大切に、真綿で包むように愛で包んで……。

航はオーブンの中にアルミホイルで包んだ豚肉をセットし終えると、ヒューバートの背中を洗ってやるために、浴室へと向かった。

「ああ、おいしかった！」

広いベッドの上で、満足顔のヒューバートが、自分の腹の上に手を置いて、ぽんぽん、と叩く。

その夜、ヒューバートが食べたのは、シナモンの効いたアップルソースをたっぷりかけたローストポーク。つけあわせ兼主食の、ローズマリーで風味をつけたローストポテト。数種類の温野菜。ハンバーグの中にゆで卵を丸一個包んで揚げたスコッチエッグ。あっさりした味付けだが具沢山でボリュームのあるチキンスープ。デザートはソースの残りのリンゴを使ったアップルパイ、という具合だ。

いくら快気祝いとはいえ、病み上がりの胃袋にそんなに詰め込んで大丈夫だろうか、という勢いで、彼は航が作った料理をぺろりと平らげた。

「あなたが意外に食いしん坊なのは知ってましたけど……」

足高のシェリーグラスふたつを置いた盆を、亡き祖母の寝室に運び入れながら、航は心配げに告げた。

「本当に大丈夫なんですか？　作っておいて何ですけど、病み上がりなのに、いきなりあんなにたくさん食べて――」

快気祝いなのだからと張り切りすぎたせいか、気がつけば脂っこいメニューばかりになってしまった。いくら完治していると本人が言っていようが、もう少し彼の体に配慮すべきだったのではないか。

航はそう反省したが、

「大丈夫大丈夫、基本的に、わたしは頑丈だからね。これまでの人生で最高のディナー、堪能《たんのう》させてもらったよ」

ランタンの光の中、ヒューバートは「特にあのリンゴの含め煮を使ったアップルパイは絶品だった。また食べたいな」などとご機嫌だった。どうやら航の用意したディナーに、本当に満足したらしい。

そんな彼を見て、航は心臓がぎゅうとねじれるほどに、好きだ、と感じた。

（この人が好きだ――）

ヒューバートはとても強靭《きょうじん》な心を持つ人だ。どれほどむごい過去を持っていようと、決して埋められない喪失感を抱えていようと、幸せなときは幸せそうに笑い、おいしいものはおいしいと堪能し、人生を思いきり楽しんでいる。そして人に恋をし、愛を捧げる。亡くなった家族を悼《いた》みはしても、決して不幸に足を取られたままではいない。ヒューバートのそんな強さが、航は何よりも一番好きだった。その心の強さは、自分にはないものだったから――。

「ヒューバート……」

そんなことを思いながら、シェリーグラスを載せた盆を置き、ベッドに座すヒューバートに近づく。

ヒューバートの手が航に伸び、頬を包み込む。

座るヒューバートの顔の上に屈み込むように、航は引き寄せられた。つい先ほどまで、美食を貪ったばかりの唇が重なり合い、今度は、性愛の悦びを貪り合う。

やがて唇をほどいた彼が囁いた。

「さあ、航」

ヒューバートはシトリンの光に照らされながら、妖しい笑みを浮かべ、いつかスーツの内ポケットからフラスコを取り出してみせたように、どこからか薄い琥珀色の液体を満たしたガラスの瓶を取り出した。ワイン瓶のように窄まった先端は、やはりコルク栓で閉じられている。ヒューバートはその栓を、キュッ、ポンと音を立ててひねり開けた。

――瞬間、ふわりと匂ったのは、ビールに似た香ばしいアルコールの香りだ。とくとくと注がれる液体はさらりとして、どろりとした感触はもう残っていない。

「はちみつ色のワインみたいだ」

グラスを光にかざして、航は感想を述べた。これが自分たちの契《ちぎ》り酒――。

「あえてはちみつのとろみを残して作るメーカーもあるけど、魔法使いの世界に伝わる古い醸造法で作ると、こうなるんだよ。さあ、航」

ヒューバートは腰かけたベッドの隣の位置を、とんとんと叩いた。

「乾杯しよう。ほら、座って、座って」

「う、うん」

航は戸惑いながら座り、渡されるシェリーグラスを受け取った。ふたりでそれを目の前に掲げてから、短く言葉を交わす。

「わたしたちの愛に」

「――……あ、愛に」

チン、とグラス同士を軽く打ち合わせて、ヒューバートと航は互いの目を見つめながらグラスの縁を口元に運んだ。

意外なほど、手製の蜂蜜酒は甘くなかった。のど越しは、むしろ「発泡の弱い常温のビール」の感覚だ。航はちびちびと、ヒューバートはぐいっとひと息で飲み干し、ふたりの「契り酒」は終わった。

「――航」

グラスを置くや否や、ヒューバートは航を抱き寄せた。

「愛しているよ。きみはわたしの喜び、楽しみ、わたしのまごころだ」

「……うん」

イギリスの古謡《こよう》「グリーンスリーヴス」からの引用だ。作者不明の、切ない愛の詩。緑の袖の君よ、あなたはわたしの心のすべて――。

「ヒューバート、ぼくも心から、きみを想うよ――千代に、八千代に」

航もまた、愛しい人の胸に身を預けながら、日本の古歌を引用した。こちらは愛する人に永遠の命が与えられますようにと願う言葉だ。それが通じたのかどうかわからないが、ヒューバートは喜びを感じはしたようで、熱烈なキスを浴びせてきた。舌が絡まり合い、互いの匂いが香った。さほど甘くはなかったはずの蜂蜜酒《ミード》の風味が、甘くてたまらず、くらくらめまいがする。

ふたりはそのまま、どちらからともなくシーツの上に倒れ込んだ。

とさり、と音がして、古いが豪華な四本支柱のベッドが、大きくたわみながらもふたりの体重を受け止める。

ランタンの光が壁紙の上に描く影は、黒々と妖しく絡み合う。

「ヒューバート……あ、あ……」

チュッチュ、と素早く連続したリップ音が陰《いん》にこもるように響いた。航はされるがまま、少しの隙間を作ることも許されず、首筋から胸元へ次々にキスを落とされる。その性急さに驚き、思わず押しやろうとした手首を掴まれ、シーツに縫い留められた。

「っ、ヒューバート……！」

刹那、ふたりは上と下で、互いの鼻先がくっつかんばかりに見つめ合った。ヒューバートの琥珀色の瞳が、獲物を狙う肉食獣のそれのように昏《くら》く鋭く光るのを見て、航の体の芯にぞくりと甘い痺れが走る。

そこにいたのは、これまで航が知っていた明るい好青年のヒューバートではなかった。ひとりの、ひどく貪欲な欲望と情念を宿した、若いオスだ。

「ヒューバート、や、やだ、急ぎすぎないで……！」

「すまない、でも、止まらないんだ」

サラサラした金髪が、航の頬にかかる。

「きみの匂いに包まれる。きみの肌に触れられる。ああ、やっとだ。やっときみのすべてをわたしのものにできる……」

よだれを垂らさんばかりに、ヒューバートの声は興奮していた。

航は嵐の中に投げ込まれたように、彼の激しい愛撫に絶え間なく揉まれた。怯え、恐怖し、それでもなお、身を震わせるのは、心の奥底から湧き上がる熱い悦びだ。

「好きだ、航——……きみが好きだ……好きでたまらない……」

それでも、一方的に貪るだけなのはフェアじゃない、という良心はあるのか、ヒューバートはときどき愛撫の手を休めて、熱い言葉を囁いてくる。

ヒューバートが航の服の前を開け、自分も同じ姿になる。そのまま抱き合うと、裸胸の素肌がぴたりと合わさった。航が思わずびくりと慄くほど、ヒューバートの体が熱い。合わさった肌同士がこすれ合うと、さらに発火しそうな熱がそこに生まれる。

いつの間にかくるりと脱がされていた上半身の、肩の丸みに、左右の鎖骨に、平たい胸の突起に唇をすりつけながら、ヒューバートは航の名を囁いた。航はそのたびに、血の温度が上がるのを感じた。だんだん、意識がぼやけていく。脳が白熱し、何が何だかわからなくなる——……。

「ヒューバート……っ……、は、ぁ——……」

航に感じられたのは、ヒューバートが、互いの胸板同士をすりつけ合うようにしている、ということだけだった。時折、互いの尖った乳首同士が引っかかり、潰し合い、鳥肌を立たせながらも体温を上げていく。尖りを潰され、折られ、より硬い尖りを押し付けられるたびに、航は「ああ、んっ」と甲高い声で哀れっぽく鳴いた。両の手はしっかりと深く指を絡めとられ、すでに自由にはならなかった。まるで航を征服しようとするかのように、ヒューバートは航に全身を重ねてきている。その体の下で、航はびく、びくと震えるだけだ。

「ヒューバート、熱い、熱いよ……っ」

航が「溶けそう……」と悶えるように訴えると、金髪の恋人は、胸板の上にうち重なりながら、「ああ、わたしもそうなりそうだ」と返してくる。

「一緒に溶けよう、航」

そう告げられるや、航はするりと下肢に忍び込んできた手に、きゅっと性器を手に包み込まれてしまい、「ああっ」と悲鳴じみた声があがる。

「素直だね、可愛いよ、航……」

揶揄《やゆ》するのではなく、褒める口調で、ヒューバートは言った。

ヒューバートの手は、過去に航が何度もそう思ったように、美しく柔和な顔かたちに似合わず、無骨で男っぽい。その手に揉まれ、しごき抜かれ、先端をいじめられて爪を立てられては、ひとたまりもなかった。愛しい彼の手に落ちる悦びと、同じくらいの屈辱の中で、航は「う」とビクつきながら、恋人の手の中に放つ。

航は思わず、ぼろっと涙をこぼしてしまった。目尻から流れ出たそのしずくを、ヒューバートが唇で吸い取る。

「いい子だ。上手にイケたね。航――」

ヒューバートが手の中で航の出したものをいじり回しているのを見て、航はつい「いじわる」と口走ってしまう。

ヒューバートはふふっといとし子を見るように笑った。

「じゃあ、もっといじめてあげる」

そう言って、下肢から衣服を脱ぎ捨てる。すでに半勃ちしているものが隠れもせず現れ出て、航はごくりと固唾を呑んだ。すでに血管が浮き上がり、エラが開いて先端には蜜が溜まっている。まさか本当に蜂蜜酒《ミード》が効いたのじゃないだろうな、と航は疑った。自分と彼とでは、オスとしての強健さが違いすぎることが、一目瞭然だ。

「ひとつになる前に、もう少し遊ぼうか、航」

「えっ、ちょ……」

何する気、と思わず肘をついて上体を起こした航の目前で、ヒューバートは長兄と末弟ほどにたくましさの違う二本の性器を、ぴったりと寄り添わせ、二本まとめて両手に包んだ。

「ヒュ、ヒューバートっ……」

そうして、ゆっくりとふたつの寄り添う性器を広い手のひらでしごき始める彼を、航は真っ赤に上気しながら眺めた。

「ほら航、こうすると気持ちがいいだろう……？」

「ひ、ひうっ……」

「わたしも、気持ちがいいよ——」

　恋人のものの硬さと熱さ、そして生々しいぬるつきを、もっとも敏感な部分で感じて、航は快感よりも羞恥に喘《あえ》いだ。

「ふふ」

　ヒューバートはまた、慈愛深い笑みを浮かべる。

「航の泣き顔は可愛いな——」

　だがその言動はいじわるだ。とても。航を泣かせ、よがらせて楽しんでいる。

　航は涙目を細めて、ちらりとヒューバートの顔を窺った。

　彼の裸体は服を着ているときの印象よりもずっと立派だった。筋肉の張り詰めた二の腕。しっかりと左右に割れた胸。脂肪のかけらもない腹部。服を着ているときはひたすら優雅な彼が、おそろしく大きくたくましいオスに変貌して見える。まるで黄金のたてがみを靡《なび》かせたライオンのようだと、航は赤ん坊のように頑是《がんぜ》なく泣きじゃくりながら思った。過去の恋人の面影など、どこかへ霞んで消え去ってしまうほどに、その姿は力強い。

「ほら、わかるだろう……？　わたしのものがきみを濡らして、きみのものと混ざり合って、ひとつになって……航、ああ、航——……」

こすり合わせる手をひとときも止めずに、ヒューバートも息を荒げていた。眉を寄せた表情が悩ましい。航の心臓は、羞恥ではない感情に破裂しそうに昂《たかぶ》った。何て美しいのだろう、この人は。こんな本能のままの、欲望にまみれる姿すら素敵に見える。

遠くどこかから、リーン……と、高く澄んだ音色が聞こえてくる。

（あ……あの石……）

あのはちみつ色の石、黄水晶《シトリン》のついた真鍮の鍵は、今はどこに置いてあっただろうか、と航は頭の隅で考えた。そして、不意に閃光が走るように思い出す。

（そうだ……あの石と鍵は、あのとき――）

――紅茶占いに興味はございませんこと？

イギリス留学時代の最後に、片田舎のティールームで出会った老女の予言。あのとき航は、「護符の導きで、いずれ素敵な、だけど少々変わった恋人と結ばれる」と告げられたのだった。以前の恋人と破局したときは「外れた」と思っていたが今まさに、成就しようとしている――。

「ヒューバート、ヒューバート、ぼ、ぼく……！」

手を伸べてきた航に、ヒューバートはその手を取って頬ずりしながら、汗に濡れた微笑を浮かべる。

「もうイキたい？」

違う、ぼくが告げたいのは、あなたに知って欲しいのは――！

ヒューバートの手がいたずらをした。すると、とぷっ、と白い精液が迸《ほとばし》った。自分が先にイッたのか、それともヒューバートがイッたのにつられて自分もイッたのか、航にはわからなかった。ただヒューバートの腹筋に自分が放った白い飛沫が散っているのがぼんやりと見えて、ひゅうっと息を呑んだ感覚だけが鮮烈だった。

美しい男の体に他人の体液が散っている。何というエロスな光景だろう。じわっ、と体の芯が震えて痺れる。

「……もう、いい？」

尋ねてきたヒューバートが、航の返事も聞かないうちに、尻の下に手を入れて、航の下半身を浮かせた。彼の手を濡らした精が、航のまだ固く閉じた蕾《つぼみ》に塗り込められる。

「あ、っ……」

開かれる感触に声が出る。

指を一本押し入れられ、内側から拡《ひろ》げられた。

初めての経験ではない。だけどまるでまったく初めてされるかのように、かたくなな反応しかできなかった。うわっ、恥ずかしい、などと思っている間に、指を二本に増やされる。

「ひっ、ヒューバート、ヒューバート……」

「どうしたの、痛い？」

情事のさなかのヒューバートの言葉つきは、ふだんよりも物静かだ。なのにやることは結構意地が悪いし、痛いかと問いかけながらも、その動きを止める様子はない。航はしたたかに孔《あな》をかき回されながら、Ｖの字に開いた二本指で奥を拡げられた。

「ああっ……！」

「苦しいのなら、わたしに摑まるといい。航――」

ヒューバートは枕を摑んでいる航の手を取り、自分の肩に導いた。

航は遠慮なくそこに摑まろうとして、ハッと手を止めた。ダメだ。彼の背には、一面のやけど痕がある。もしそこに爪を立てて引っ掻いてしまったら――。

「大丈夫だよ」

躊躇する航の手に気づいたのか、ヒューバートは苦笑した。

「気にしないで、しっかり摑まっておいで、航」

「……」

こういうやさしげな言動をするときのヒューバートは要警戒だと、航はもうおぼろげながら理解している。心の中では、さあこれからどうやって航を可愛らしく泣かせてやろうかと企《たくら》んでいるときの顔だ、これは。

航はヒューバートの左右の二の腕を、しっかりと両手で摑む。その意味を、ヒューバートも理解したのかもしれない。体を伏せて、航の唇に深くしっとりとした口づけをくれた。

「――挿入《いれ》るよ」

「うん」

入口に、熱く濡れた生硬いものの先端を押し当てられる。航は次に来る衝撃に耐えるために、ヒューバートの腕を摑みながら、ふうっと息を吐いた。

それと同時に、ぐん、と腰を突き入れられる。

「……ッ！」

悲鳴は、もう、声にすらならない。それでもヒューバートは加減せず、より深く入れるために、航の両脚を肩の上に担ぎ上げた。自分の脛《すね》が金色のたてがみの両脇にあるのを、航はどうにか開いた目でうっすらと見た。現実に起こっているとは信じがたい光景だ。

「アッ、アッ、アアッ……！」

ヒューバートは、ずくずくと航の奥を押し開くように腰を進めてくる。熱くて苦しくて、でも体が溶けそうなほどに甘く疼《うず》いてたまらない。刹那、ふっと暗いところへ落ちて、またふわっと浮き上がってくるような感覚に襲われる。そしてそれは一度きりではなかった。

落ちる、浮き上がる、落ちる、浮き上がる、の繰り返しに何度も襲われて、航はもう、自分が嬌声《きょうせい》をあげているのか、それとも声も出せずに悶えているのかすらわからなくなった。感じるのはただ、ヒューバートとひとつになっていく、熱も快楽も脈動も分かち合って、ひとつの繋がった生き物になっていく、その感触だけだ。

気持ちいい、などというものではなかった。それは神聖で崇高な瞬間だった。ヒューバートに押し潰され、かと思えば体を引きはがされて、航は彼とふたりで空を飛んでいるような気がした。あの満月の夜、彼が横座りで乗っていたホウキのうしろに、自分も乗って夜空を駆けているかのような。

「愛している、航、愛してる……！」

「うん、ぼくも、ぼくも、ヒューバート……っ」

航はやっと、それだけを、喘ぐように言葉にした。

体位が変わりながらも、ふたりは深く、この上なく深く繋がった。ヒューバートがたくましい腰使いで航の奥を探るたびに、航は身を震わせて小さく達し、薄く白濁《はくだく》した蜜を吐いた。

「あげるよ、ヒューバート……」

航は甘やかに、嗄《か》れた声で告げた。

「ぼくをあげる。きみにあげる。何もかもあげる……！　だから、だからその代わりに――！」

きみをぼくにちょうだい。

その囁きを聞いてすぐに、ヒューバートはごくりとのどを鳴らしながら、航の奥深くでぶるりと震えて果てた。

そしてその迸りの熱さに撃たれた航もまた、ずっとこらえていたものを放つ。

それは高く、空を飛んで、ヒューバートのたくましい胸板を濡らして垂れ落ちた。

「……ヒューバート……」

息が切れて、もう声が出せない。

「航……わたしの航……」

ひゅうひゅうと、互いの荒い息の音が鳴る。ずるりと奥深くから引き出される感触に、航は小さく悲鳴をあげて震えた。

そんな航を、ヒューバートが覆いかぶさるように抱きすくめる。

微妙に色合いの異なる、ぴったりと重なったままの汗に濡れた肌を、はちみつ色のシトリンの光が、星のようにまたたきながら照らしていた――。


ランタンのはちみつ色の光が、気まぐれに明滅しながら、ぼんやりと寝室を照らしている。

裸で抱き合ったまま、ふたりが互いにうつらうつらと夢うつつを漂っていたとき、ヒューバートが
「――夢のようだ」

不意に、つぶやくような声をこぼした。

「きみが、わたしを受け入れてくれただなんて……」

航は彼の裸胸にもたれながら、「おかしなことを言う人」と、ふふっと笑った。

「あなたのような素敵な人に愛されて、あなたを受け入れない人なんて、この世にいるはずもないのに」

「それは――買いかぶりだよ」

ヒューバートの男っぽい大きな手が、やさしい手つきで航の髪を撫でた。

「今まで、少なからぬ数の人が、本当のわたしを知るなり去って行った。きみも知っての通り、見かけとは裏腹に、衣服一枚下のわたしは人が慄くほど醜いし……心の中だって、遠い昔の家族を失った事故を忘れられずにいて、性格も、本当はそんなに明るいとは言えない――そう見せかけることは得意だけれどね」

――わたしは見せかけだけの男。

そう言いながら暗い自嘲を漏らす恋人を目の前に、航はひどくつらい気持ちになった。

「そんな風に言わないで、ヒューバート」

思わず身を起こして、激しい言葉つきで言う。

「あなたは、悲しい過去にも負けずに、明るくたくましく生きているじゃないか。たとえ見せかけでも、それは立派なことだよ。誰にでもできることじゃない」

そう、だって、ぼくにはできなかった。つらい出来事から、ただただ逃げ出すことしかできなかった。それに比べて、あなたは――。

航はヒューバートの引き締まった口元に吸いつくようにキスをする。

「ぼくが一番好きで、心から尊敬しているのは、あなたのそんな強さなんだよ、ヒューバート」

「航……」

ヒューバートはやや茫然としている。何だかとても驚いている様子に、逆に航のほうが戸惑った。

（そんなに意外なことを言ったかな、当たり前のことを言っただけのつもりなのだけれど――）

航はそっと正面から抱き着く形で、そんな彼の背に手を回し、尋ねた。

「背中――触っても痛くない？」

「ああ、それは大丈夫だが……」

何をする気だろう、という顔のヒューバートを前に、航は目を閉じた。

そしてヒューバートの背を、かたつむりが這うほどにゆっくりゆっくりと撫でながら、一心に祈る。

――この人が癒されますように。

――たとえ痕が消えなくても、もうこれ以上、この人がそのために傷つくことがありませんように
……。

航は、曾祖母ハンナからわずかながら魔女の血を引いている。祖母の春子は、魔女の力は血と記憶によって生かされ続ける、と言った。航にも不思議な力が少しは――ほんの少しはある――はずだ。

その血にすがる思いで、航はヒューバートの背に触れながら、ひたすらに祈った。

「あなたの心が、どうか安らかで幸せでありますように……」

優美なる《グレースフル》ハンナ、どうかぼくに力を貸してください。ぼくはこの人を愛しているんです。あなたが遠い異国から来た曽祖父を愛し、この遠い国についてきたように。曽祖父が、イギリスの片田舎で出会ったあなたのために、このカモミール・ハウスを建て、生涯かけて愛したように。

（どうかぼくにも、この人を愛させてください――）

心の奥から祈るうちに、ヒューバートの背に触れる航の両手に、ふんわりとやわらかい光が宿り始

める。

「航……」

その手にやさしくゆっくりと背を撫でられながら、ヒューバートは「ああ」と心地よさげに目を細めた。

「きみの……癒す手、だ――」

その琥珀色の目から、じわりと涙がにじみ出る。

航はその目尻に唇をつけて、さきほど彼がしてくれたように、その涙を吸った。

「ありがとう、航……」

それに応えるように、ヒューバートが航の体を抱きすくめ、口づけを返す。

「きみのやさしさのおかげで、わたしは幸せな気持ちで生きていけるよ……」

ちらちらとまたたくランタンの魔法の光の中で、ふたりは肌に隙間もできないほどにぴたりと身を寄せ合い、夢見心地の中で、長く長く、口づけを交わし合った。


夏の光が日に日に強まる季節の、気持ちのよい晴天のある昼下がりのことだ。

「自然豊かな土地にある、大正年間建築の洋館で、長期宿泊しながらビジネスや論文執筆に専念しませんか？」

航は自分で打ったホームページの見出しを声に出して読んで、「うん、なかなかいいんじゃないか？」と自画自賛した。

駐車場つき。車を持たない人には最寄り駅（と言っても車で二時間の距離だが）への送迎もあり。宿泊中は三食まかないつき。ノマドワークやリモートワークが流行っている昨今、需要は必ずあるはずだ――。

「へえ、きみ、ワーキングホテルオーナーになるつもり？」

急に背後から声をかけられて、航はひゃあと椅子から飛び上がりそうになった。

「ヒュ、ヒューバート――あなた日本語読めるのっ？」

「いや、読めないけど？」

金髪のハンサムは、いつもながらの黒ツナギ服姿で、少しばかりいじわるな顔で笑った。

「もしかして……カマかけた？」

航が上目遣いで睨むと、

「ひとりで悦に入っているから、何やってるんだろうと気になっただけだよ」

ヒューバートは悪びれもせず言い、航がノートパソコンの脇に置いていた小皿から、せんべいを一枚勝手に取って食べた。

「ん、あれ？　甘いビスケットかと思ったら、セイボリー（塩味）だったのかこれ。おいしいけど変わった風味だね。何か入ってる？」

「すり潰したシュリンプ（えび）だよ。えびせんべい。日本ではポピュラーな味だから、わりとどこでも売ってるよ。もっと食べる？」

「うん、でもせっかくだから、このさいお茶の時間にしないか？　そろそろ四時だよ」

日本ではおやつの時間は午後三時だが、イギリスではおおむね四時から一服するのが慣習だ。ヒューバートもお茶の味が恋しくなってきたのだろう。航は立ち上がり、「じゃあ、お湯を沸かしますね」と告げた。

「もうやけどなんかしないでね」

「あはは、今日は豆が潰れてないから大丈夫」

あれから航は、薪割り作業の際は皮手袋を使うようになった。キッチンにも耐熱用を常備して、熱いものを素手で持たないよう気を配っている。航がケガをすると、そのたびにヒューバートが魔力を大幅に消耗してまで治癒させようとし、結果的に彼が体調を崩す羽目になるから、自分が気をつけなくては、と思ったのだ。

「でも航、ここでどんな商売《ビジネス》をやるにしても、それはまだ少し先の話だよ」

手と顔を洗ってさっぱりしたヒューバートが、赤い椿のティーカップでお茶を飲みながら告げた。甘い紅茶と塩味のえびせんべいって合うんだろうか、などとぼんやり考えていた航は「え？」と間の抜けた反応をしてしまう。

「壁紙のクリーニングもだいたい終わって、一見、小ぎれいにはなったけれどね、この屋敷はまだ、きみとわたし以外の人間を受け入れるほど、霊的に寛容になっていない。まして商売を始めて、不特定多数の人間を出入りさせるとなると、屋敷にかかる負担は計り知れない。お客を受け入れてからまた妙なことが起こって、お化け屋敷呼ばわりされたら、きみも困るだろう？」

「あー、うん、まあそうかな……」

怪奇現象が起きるワーキングホテル、を想像して航が苦笑している間に、ヒューバートは紅茶の最後のひと口を飲み干し、告げた。

「きみはじれったいかもしれないけどね、まあまだ当分はわたしの手がいるものと思って欲しい。その代わり、きみが望む通り、この家を完璧に整えてみせるから」

それを聞いて、航は体の芯から安堵の気持ちに満たされた。ヒューバートはまだ当分、ここにいてくれるのだ。まだイギリスに帰らないでいてくれるのだ。まだしばらくは――別れ話をせずに済むのだ。

脳裏に浮かんだ「別れ話」という単語に、航の心はずんっ、と沈んだ。それはあの、ヒューバートと初めて契った日の朝から、ひそかに続いている憂鬱《ゆううつ》だった。

――だってヒューバートは異国の人だ。いずれはこの家での仕事を終えて、家族の魂が眠る故郷へ帰って行く。航には、それを止めることはできない。わがまま勝手な御曹司だったひいじいさんではあるまいし、ずっとこの国のこの家で暮らしてくれ、なんて、彼に言えるわけがない。

ヒューバートが帰って行く日が近づけば、否応なく彼とそういう話をせざるを得ない。それを機に完全に別離してしまうのか。それとも、連絡くらいは取り合うのか。あるいは、遠距離で無理をしてでも続けるのか——……。

（苦手だなあ、こういうの——）

思わず、ふうっ、とため息をつく。それをヒューバートの耳が聞き留めた。

「航？　どうしたの？　何か悩んでる？」

「あ、いや……そういうわけじゃ……」

「嘘つかないで、航」

ヒューバートは濃い琥珀色の瞳をいたずらっぽく光らせた。

「誤魔化そうとしたって、わかるんだからね。きみが最近ずっと、わたしに言いたいことがあるのに、なかなか言い出せずにいるの」

航はぎくんとするのを隠せなかった。

「——それも魔法の力？」

「愛の力さ」

ヒューバートはパリッとえびせんべいを齧《かじ》りながら、平気な顔でさらりとキザなことを言う。

「あのね、わたしときみ、もうあれから何度体を重ねたと思ってるんだい？　しない日も、ひとつベッドで一緒に眠る仲で、隠し事なんてできると思っているの？」

「……っ、けほっ！」

航は思わず紅茶にむせた。だが考えてみればヒューバートの言う通りだ。毎日毎日、ほぼ二十四時間共に暮らしていれば、相手のほんのわずかな機嫌や表情の違いが読み取れるようにならないはずがないのだ。航が考え事をしていて、真夜中を過ぎても眠りに落ちられずにいる気配も、きっと感じていたのだろう。

「ほら、言って、航」

ヒューバートは意地悪くニコニコしながら、航の顔を見つめてくる。

「わたしにどうして欲しいの？　きみは無理なことだと勝手に諦めているようだけれど、言うだけ言ってみれば、願いが叶うかもしれないよ？」

「……ヒューバート」

航はつい、恨みがましい目を差し向かいの恋人に向ける。

彼は察しているのだ。航が言い出すに言い出せずにいる内容《こと》を。この屋敷のトリートメントが完了しても、イギリスに帰らないで欲しい、と航が望んでいることを。

――この家で、ずっと自分と暮らして欲しい、と思っていることを……。

（わかっていて、ぼくに言わせる気なんだ）

だが考えてみれば、これはそもそも、航がきちんと口に出して告げるのが筋の話だ。ヒューバートと一緒に暮らしたい、この家で一緒に居たい、と。

この自分が、己れの意思で望んだことなのだから――。

態度や顔色で相手にそれを察して欲しい、というのは、甘え腐った性根だ。そんなずるさを、この芯の通った気高い人が許してくれるわけがなかった。

航は曽祖父母夫妻の遺愛の品である赤い椿柄のティーカップを、ソーサーの上にカチャンと置いて、両手を膝の上に揃えた。ここが畳の部屋であれば、きっと正座して手をついていただろう。

「ヒューバート」

「うん、何？　航」

「その……あなたには故郷と、ご家族の墓と、大切にしているお仕事があることは、ぼくも承知しているんだけど……」

「うん」

ヒューバートのまなざしがやわらかくなる。これはもしや、脈があるのか？　と期待しつつ、航は膝に置いた手をもじもじさせる。

「もしよければ、その……ぼくと、この屋敷、カモミール・ハウスで、ずっと……」

突然、聞き覚えのない車のエンジン音とブレーキ音が響き、ふたりは同時にハッと顔を玄関の方角へ向けた。いったい誰がこの家の敷地に車を乗り入れた？　もしかして、廃墟マニアだろうか。だとしたら少しまずい。ここは航とヒューバート以外の者にはまだ何が起こるかわからない危険な屋敷なのだ。お茶の時間を中断し、ふたりは同時に立ち上がった。

だが来訪者の正体を確かめに、屋敷の外に出ていくまでもなかった。「おーい、航！」と響いた男性の声に、航の足はぴたりと止まった。

「——っ、そんな……！」

自分でも真っ青になっていることが、血の気が引く感覚からわかった。そんな航の顔を、何事だという表情で、ヒューバートが覗き込んでいる。

「航、いるんだろう、航！」

玄関の外から響く声の主は、もう間違いなかった。彼だ。だがどうして今ごろ、こんなところに——？

「航、大丈夫か」

ひどい顔色だぞ、とヒューバートが肩に触れてくる。航は思わず、その手にすがった。そうしなければ倒れてしまいそうだった。

「どうして……何で今ごろ……」

「航？」

航のつぶやきを聞いて、今度はヒューバートが蒼白になっていた。訪問者が何者なのか、察したのだろう。だが彼はさすがに、航のようにその場に立ちすくんで動けなくなったりはしなかった。きりっと唇を噛み締め、航を気遣いつつもその場に残し、玄関へと向かう。

ドアを開け放つ。するとそこに立っていた青年が、ヒューバートの姿を見てぎくんと背を伸ばした。

「——どちらさまです？」

ヒューバートの声は険しかった。見知らぬ金髪の外国人から誰何《すいか》されて、やや日焼けた肌を持つ日本人青年は、先ほどまでの勢いはどこへやら、「い、いや、あのっ」と声を詰まらせている。

そして途切れ途切れの英語で尋ねた。

「こっ、こちらに航が——その、灘航さんがいらっしゃると、ご家族の方に聞いて来たんですが——御在宅でしょうか？」

「……少々お待ちください」

抑揚の少ない平坦な声で、応じる。

そうして、ヒューバートはドアを押し開いたまま、長い廊下の中ほどにいる航をかえりみた。

「航、きみのお客さんのようだ。どうする、入ってもらうかい？」

航はガタガタと震えるばかりだった。なぜ、どうして、という思いがぐるぐると脳裏を回る。

そうして、長い長い——と、自分では感じた沈黙の末に、航は消え入りそうな声を放った。

「——入ってもらって」

消え入るような声ながら、航は明確に自分の意思でそう言った。

「入ってもらって、ヒューバート……。お茶を淹れなおして、お茶菓子もお出しするよ」

——そうして。

「その……ハジメマシテ」

客人はお茶と菓子がきちんと揃えられ、新鮮な野花まで活けられた食事室のテーブルを前に、なぜか航にではなく、ヒューバートに向かって日本式に頭を下げた。無言でどんと座る彼の威圧感に圧倒されたらしい。何だか恋人の父親を初めて前にした彼氏のようだ。

「おれ……いや、自分は、峰《みね》倉《くら》史《し》郎《ろう》と言います。その、航――灘くんと、一年ほど前まで交際していました。――元恋人、です」

そんな風に名乗る史郎を、航は不思議な気持ちで見やった。

こうして見ると、史郎はごくふつうの、どちらかと言えば平凡な男だった。いきなりの裏切りに遭って以降、彼の面影は航の中で巨大で黒々とした、正体不明の怪物めいたものになっていたが、それはどうも、航が精神的なショックのあまり作り上げていた虚像だったようだ。だがしかし、それにしても、こうして改めて対面してみると、史郎はどこといって特徴のない、良くも悪くも平凡な印象の人間だった。彼と交際していた期間は数年あり、その間ずっとこの人にはそれなりに熱い想いを抱き続けていたはずなのに、と航は首をかしげるばかりだ。

(こんな人だったっけ？　つきあっていたころは、もっと野心家で、出世にも熱心でギラギラしていたような気がしていたのだけれど……。不思議なくらい、今は影が薄い)

「それでご用件は？」

問いただしたのは、航ではなくヒューバートだ。両腕を組んで、まるで娘の彼氏を値踏みする父親のような威厳を醸《かも》し出している。

史郎はそのヒューバートの無言の怒気に怖れをなしたように、つっかえつっかえ言った。

「その……。彼が、航が、会社を辞めたと聞いて、ですね」

「あなたが航を裏切って遁走《とんそう》したせいだと、本人からは聞きましたが？」

ヒューバートの声が、さながら魔王のように低くなる。それに対し、史郎はテーブルの上に這いつくばるように頭を下げた。

「ご、誤解です！　誤解なんです！　おれが彼の上司に暴露メールを送り付けたせいで、航は会社にいられなくなって辞めたって聞きましたけど、おれ、そんなことしたつもりはないんです！」

（……え）

航は驚いて、身を乗り出した。そんなことはしていないって……。

「け、けどぼく、上司から直接言われたよ？　取引先の相手とあらぬ関係になるなんて、って」

「違うんだ！　あ、あれは……あのメールは！」

史郎が叫んだ。

「間違えたんだ！　社内の派閥《はばつ》抗争の余波で海外に飛ばされることになって、もう当面会えなくなるからお前とはここまでになるけど、元気で、って内容のメールをお前のアドレスに送ったつもりが、間違えてお前の上司宛に誤送しちまったんだ！」

「へ……？」

航は、思いきり間の抜けた声を放ってしまった。何だって？　たったそれだけ？　それだけのことだったのか？

カチャ、カチャ……と、陶器同士の触れ合う小さな音がする。見ればヒューバートが、紅茶のカップをソーサーに戻そうとして、まるで指が張り付いてしまったかのようにハンドルから手を離せずにいるのだった。その手が細かく震え、カップが躍っているような音が立つ。表情は硬く唇も紫色になっていて、濃い琥珀色の瞳は、凍りついたように見開かれたままだ。

「ヒューバート」

心配のあまり航が声をかけると、ヒューバートは「大丈夫だから」という風に二、三度うなずいた。そして航に会話の続きを促す手振りをする。それを見て、航は再び史郎に向き直った。

「史郎、き、きみ……ぼくを裏切って、陥れたんじゃなかったの？」

すると史郎は、心外だ、というそぶりで大きく首を横に振った。

「何でおれがそんなことしなくちゃいけないんだよ！　そりゃ、いきなり別れのメールなんて勝手だとは思ったけど、おれはおれなりに、お前の前途に幸あれと祈っていたんだぞ！」

その悲痛な叫び声に、航は完全に脱力した。

では、あんなにも、「自分の何が彼をそうまで怒らせたのだろう。あの言葉か、この振る舞いか」と悩み続けたのは、すべて徒労だったのだ。すべてはただの誤解と行き違いだったのだ。ただそれだけのことで、こんなことになってしまったのだ。

しばし、静寂が落ちる。今や形だけでもお茶を飲んでいるのは、三人のうちヒューバートだけで、航と史郎の分は、ほとんど口もつけられず冷めてしまっていた。

「航、その……おれも、結局会社辞めたんだ」

やがて史郎は、もそもそした態度でそう告げた。

「あのままじゃ、どんなにがんばっても、定年まで海外の、それほど重要じゃない拠点をたらい回しされて終わるのは目に見えてたし、それくらいならいっそ自分で起業しようと思って……今度、会社を立ち上げるんだ」

「へ、へえ――そうなの」

また会話が途切れる。ヒューバートはもう何杯目になるのかわからないお茶を、自分でおかわりをしては黙々と飲んでいる。

「そ、それでな、航、お前が会社を辞める原因になったのは、おれが下らないミスをしたせいなわけであってな」

それを償いたいんだ、と史郎は言った。

「もし、お前がうちの会社に来てくれるんなら、共同経営者として迎えたいんだ。どうか前向きに考えてくれないか」

「え……」

航は絶句した。つまりそれは、都会でのサラリーマンとして、将来を嘱望される人生に戻れるということか？　でもどうして今になって？　どうして今なんだ？　と言葉が脳裏でぐるぐるする。航は今まさに、新しい恋人を得て、新しい人生に足を踏み出したところだったのに。

カチャン……と、カップをソーサーに置く音がした。

かたん、と椅子の足が鳴って、ヒューバートが立ち上がる。

「どうやら、ここから先はわたしに関係のない話のようだ」

彼は硬い声で告げた。

「わたしは席を外させてもらうよ。あとはふたりで心ゆくまで話し合ってくれ」

では、と席を離れるヒューバートに、航はとっさに、待って、という思いで、手を伸ばした。

「あ……」

だがその手は虚しく空を掻き、ヒューバートは食事室から出て行ってしまう。

続いて聞こえてきたのは、玄関へ向かう廊下を歩く靴音。それから、玄関のドアを開き、閉じる音が小さく響いた。

ヒューバートは屋敷から外へ出て行ってしまったようだ。航と、その元恋人との話し合いを邪魔するまい、という心遣いだろうが、航は何だか自分が、彼に放り出されてしまったような気持ちになった。

（違うんだヒューバート。ぼくはこの人とは、もう……）

今にもヒューバートを追いかけて行きそうな航の手を、史郎の手がハシッと掴んで止める。

「航」

史郎は、真剣なまなざしで航を見た。

「本当に今さらだし……こんな大迷惑をかけておいて言えることじゃないが、言わせてくれ」

その真剣さに、航は今すぐにでもヒューバートを追いかけたい気持ちをこらえなくてはならなかった。

「おれのところに来て欲しい。恋人としてもやり直させてくれ。定年まで海外を飛び回ることになると思って別れのメールなんか送ってしまったが、もうこれからはずっと日本に居るし、お前を諦めなくちゃならない理由もなくなった。今度は誰からも逃げ隠れせずに、堂々とカップルとして生きて行きたい。おれも腹を括った。誰に後ろ指さされようと、もうお前につらい思いはさせない。幸せなときもそうでないときも、おれが一緒だ」

「……」

「まだ愛している……お前を愛しているんだ、航——……」

元の恋人のその言葉を聞いたとき、航の頭をよぎったのは、史郎のことではなく、ああ、これは試練だ、という思いだった。

これは試練だ。自分と——ヒューバートとの。

航の前に今、示されているのは、不幸な誤解の解けた元恋人の愛情と、条件のいい今後の生活だった。史郎はビジネスマンとしてはかなりやり手だから、新しく起業するという会社も、きっと成功するだろう。その共同経営者ということになれば、経済的にはかなり楽な暮らしを、それも便利な都会で満喫できるはずだ。

それに――それに、愛情の面でも、もし彼とヨリを戻せば、自分のせいで迷惑をかけてしまった、という良心の呵責《かしゃく》もあいまって、以前よりもなお一層、篤《あつ》く愛情を注いでくれるに違いない。史郎はそういう面では義理堅い男だ。

航がそれでもヒューバートを選ぼうとすれば、それらの甘いエサのすべてを蹴らなくてはならない。史郎を振れば、航の手に残るのは、そばにいてくれるのかどうかもまだわからない異国人の恋人と、美しいが古びた、まだまだ手のかかるカモミール・ハウスだけだ。当面、収入のあてすらない。

航は目を閉じた。自分の手を握る史郎の力が、じわじわと増してくるのがわかる。

しばらく閉じていた目を開いたとき、航の表情は決然としていた。

「史郎、ぼくは――……」

ごく短い言葉を元恋人に告げると、航は急いで食事室から飛び出した。

ヒューバートを追うために。

＊　＊　＊

ヒューバートは、水辺に身を乗り出すように茂る葉を指先で撫でて、ああ、これはミントだな、と思った。清涼感のある香りはまさしくそのものだが、イギリスでは見かけないやや尖った葉の形をしている。この国の固有種だろう。仕事柄、ハーブの類には詳しい。

ヒューバートは今、全裸だった。屋敷裏の泉水に着くや否や、発作的に着ている服を全部脱いで、水の中に駆け入ったのだ。どうしてそんなことをしたのか、自分でもわからない。でもそうせずにはいられなかった。それほど深くない水の中に屈みこんで潜って、心が落ち着いたころに水面から顔を出して立ち上がった。水の深さは、せいぜいヒューバートの腰くらいまでだ。

（わたしは航と、もう一緒にいられないんだろうか……）

そう考えると、身が真っ二つに裂かれるようにつらくなる。

航を愛している。彼が美しい屋敷の主《あるじ》だからではなく、この上なく胃袋を満足させてくれる料理人だからではなく、心優しいからでもなく、ただひたすらに、彼のことを愛している。そして彼からも愛されていたはずだった。思いがけずに出会い、同じ守護石を持つという偶然に惹かれ、色々なことが起こる間に少しずつ心が近づいて――そんなふうにゆっくりと噛み締めるように、人と愛し合ったのは、ヒューバートには初めての経験だった。航といると、苦心して遠ざけようとしてきた父と妹たちを失った重い過去が、より一層遠くなるような気がした。それほどに幸福だった。

航となら、誰よりも幸せに生きていける。そう思っていた矢先だったのに。

（どうしてこんなことに……）

航の元の恋人が現れた。それだけでなく、航との間を隔《へだ》てていた障害が、単なる誤解だったということまで明らかになった。

誤解が解けて、もともと愛し合っていたふたりの間が、何の隔てもなくなったのだ。航は――あの心優しい青年は、元の恋人のところへ戻ってしまうかもしれない。ヒューバートはそう想像して、ただ震えることしかできなかった。

しかも、もしそうなったとしても、航を責めることはできない。こうなった以上、自分はお邪魔虫、悪くすれば間男でしかないのだから。

（でも、もしそうなったら、わたしはどうしよう）

どうしようも何もありはしない、と理性ではわかっている。もしそうなったら、航の幸せを願って、身を引くだけだ。どうかおふたりでお幸せに、と丁重に挨拶して、イギリスに戻るだけだ。そして――。

「しばらく何もせずに泣き暮らすかな……」

自嘲と言うには悲痛すぎる嘆きが漏れる。

もしも航を失ったら、その心の傷はおそらく十年、いやもしかすると生涯、癒《い》えないに違いない、とヒューバートは思った。あのやさしい、魔法使いでもないのに癒しの力を持つ青年は、自分にとってそれほど愛しく、大切な存在だ。だったら、航と史郎をふたりきりになどせず、どんなに邪魔にされようともあの部屋に居残るべきだったのだが、ヒューバートは航が心置きなくどちらの恋人を選ぶか考えられるようにしてあげようなどと考えて、屋敷から離れてしまった。

自分でもバカな見栄を張ったと思う。けれども、ヒューバートにだって男としての意地がある。航に不本意な思いをさせてまで、自分のもとに引き留めたくはない、という意地が。

――でも同時に、たとえ航が泣いて嫌がっても、自分のもとに引き留めてしまいたい、という凶暴な恋心も存在する。本当の恋人の名を呼んで泣いて暴れる航を、この腕の中に閉じ込めて、無理矢理……。

（どうする……？）

ぐちゃぐちゃな気持ちを持て余しながら、ヒューバートは泉水で顔を清めた。

（もし航があの男を選ぶと決めたら、わたしはどうする？　最後まで意地を通して彼を見送るのか？　それとも、どんな手を使ってでも、彼を引き留めるのか――？）

どんな手を使ってでも――と、ひどくどす黒い考えが浮かびかけた、そのときだった。

ぱき、と枯れた小枝を踏みしめる音がして、ヒューバートは水音を立てて振り向く。

木立の茂みの間に、航のすんなりした体が立っている。

「わた……る？」

「……ヒューバート」

航は泉水の中にいるヒューバートを見て、キュッと眉を上げ、怒った顔になる。

「もう！　またあなたは、何をしてるの！」

鋭く一声叫ぶなり、航は着衣のまま、ざぶざぶと水の中に入ってきた。ヒューバートのほうが、「あ、あ、あ」と思わず制止しようとしたほどためらいのない勢いで。

「ついこの間、体を冷やして風邪を引いたの忘れたのっ？　ああほら、もうこんなに爪が青くなって……！」

ヒューバートの手を取った航は、怒った顔から一転、うっ、と悲し気に顔を歪めた。

そして、その今にも泣きそうな顔を、ヒューバートの胸板に押し付け、両腕を背に回して、抱き着いてくる。

まるで自分の体温を分け与えようとするかのように。

「航……」

「もう、あなたは、もう……」

ぐすっ、と航が鼻をすする。背に回った手のひらが、濡れてしずくを垂らす背を、しきりに愛しむように撫でる。

ヒューバートは、航が、自分の醜いやけど痕の刻まれた背に触れるときの、この手つきが好きだった。この手を誰かに奪われることを想像しただけで、どうにかなりそうになるくらいに。

（わたしはこのやさしい手を、失わずに済んだのか……？）

ついさっき、航に「言葉でちゃんと伝えなさい」と説教したばかりだというのに、今度はヒューバートのほうが、言葉で確かめることを躊躇してしまった。人の心を確かめるのは怖い。明らかにするのは、怖ろしい。のどが詰まって、言葉が出てこない。それを絞り出すには、渾身の勇気が必要だ。

「航……あの、彼は……？」

「――彼って？」

「きみの、もともとの恋人の……」

怯え怯え尋ねるヒューバートに、

「さあ――知らない」

航はその裸胸にもたれながら、そっけなく言ってのける。

「きみとはもうここまでだ。さようなら――それだけ言って、部屋に残して来ちゃったから」

「航……！」

「だって、今のぼくには、もうあなたがいるもの」

それ以外何を言うことがあるの、と、航はいっそ冷酷なくらい平静な声で告げる。

「でもきみは、あの人を愛していたんだろう？」

「うん――以前《まえ》はね」

「きみたちを隔てていた誤解は、もう解けたんだろう？」

「うん、解けたよ。彼を一生憎んだままにならずに済んで、本当によかった」

「なのに、ヨリを戻さずに別れるの？　それでいいの？」

本当はよくない。不本意だ。あなたを選んだのは同情、ただそれだけだ――なんて言われたらどうしよう、と怯えつつも、ヒューバートは「それでいいの？　本当に？」と確かめずにはいられない。

「いいんだ。だってぼくが今、愛しているのは、彼ではなくあなただから」

そう言い切る姿は、ひどく強く、揺るぎない感じがした。今までの航からは感じたことがない強さだ。

「航……！」

全裸で震えるヒューバートは、自分がひどく弱くなってしまったように感じた。おかしいな。どうしてこんなに震えが止まらないのだろう。まるで水に落ちておぼれた犬みたいだ。

ヒューバートは今まで、自分は恋をすることによって強くなるタイプだと思っていた。そして航はその逆だと思っていた。だが違った。自分は実は、自分で思っているほどには、強くも自信家でもなかったのではないか。愛した人を失うかもしれない事態にも何もできない、凡庸《ぼんよう》な、ごくふつうの男だったのではないか。ヒューバートは自分の心が、体もろともぐらっとかしぐのを感じた。

「あっ、ヒューバート！」

ばっしゃん、と水音。

それとほとんど同時に、カモミール・ハウスの敷地内から走り去る車の、ぶうん、というエンジン音が聞こえた。

全裸のヒューバートと着衣のままの航は、抱き合ったまま泉水の中に座り込んで、茫然としつつ、その音を聞いた。

「彼、行っちゃったみたいだよ、航――」

ヒューバートがそう告げると、

「うん、すんなりわかってもらえてよかった」

航はそう答える。たったそれだけ？　と、ヒューバートが戸惑うほどにそっけなかった。自分が知る限り、航は、仮にもかつて愛した人を、こんなに簡単に切り捨てられる性格ではなかったはずだ。あるいは、彼らしいやさしさから、自分が少しでも元恋人に未練を見せれば、ヒューバートを不安にさせてしまう、と考えたのかもしれない。

「さあ、ほら、ヒューバート」

先に水の中から立ち上がった航が、ヒューバートに手を差し伸べる。

「とにかくお互いに、このびしょ濡れの体を何とかしよう。このままじゃ、今度はふたりとも風邪を引いちゃうよ」

手を伸べながら、航は微笑していた。

「お風呂で体を温めて、乾いたタオルできちんと拭いて、髪も乾かして——それから、裸で汗をかきあうのはどう？」

ヒューバートは黙ってその手を取った。航の手のひらに触れたとき、その温もりと共に、自分が選ばれたのだという実感がどっと押し寄せてきて、魔法使いの青年は、つい涙を一筋こぼしてしまった。

＊　＊　＊

航は心を込めて丁寧にヒューバートの金髪を洗った。いくら飲用できるほどきれいな水でも、山肌に溜まった泉水などに潜ったものだから、その髪には薄荷《はっか》の葉っぱや藻《も》の切れ端などが絡みついていたからだ。

「もう……しょうのない人だなぁ」

ヒューバートの背後に立ち、その金髪をわしゃわしゃ泡立てながら航はつぶやく。

「何でまた裸で水浴びなんかしたの」

「……きみが彼のところに行ってしまうんじゃないかと思うと、やけになって……つい」

らしくもなく弱々しいヒューバートの声に、航の胸がキュッと縮む。

「……そっか」

航は慎重に湯温を調節したシャワーで、彼の髪から泡を流し落とした。

「ごめん――やっぱり不安にさせちゃったんだね」

「きみは悪くないよ」

気持ちよさげに、流されるままにされているヒューバートが答える。

「ただ、きみの元の恋人が訪ねてきて、ふたりの間にあった誤解が、めでたく解けただけ……どうなることかと狼狽したのは、わたしの勝手だ」

「ヒューバート――」

泡をきれいに流し終えて、航はシャワーを止めた。水音が止むと、浴室は言いようのない沈黙に襲われる。こんなに気弱げなヒューバートは初めてで、航にも、どう声をかけていいかわからない。

するとヒューバートは両手で顔を覆った。

「ふたりでよく話し合って、なんて格好つけて立ち去っておきながら、心の中では、きみを失うことになったらどうしよう。とても生きていけない。それならいっそ、魔法できみを小瓶に閉じ込めて、ポケットに入れて攫《さら》ってしまおうか——なんて、考えていた」

そんなことができるのか、と驚いた航は、この魔法使いと出会ったばかりのころ、キッチンのオーブンの中に住み棲いていたヌラヌラ湿った妖精を、ひとつかみで小さなフラスコの中に閉じ込めてしまったことを思い出した。そうか、人ひとりポケットに入る大きさの小瓶に閉じ込めるくらいのことは、この人にとっては造作もないことなのだ——。

「きみが瓶の中で嫌がって泣いても、恋しい人のところに戻りたいと嘆いても、一生離さない。そして満月の夜にだけ瓶から取り出して、きみが元の恋人のことなんて忘れてしまうまで抱いて愛するんだ。そうすれば——」

全身から湯気を立てながら、ヒューバートは震える声で吐露する。

「そうすれば、きみは永遠にわたしだけのものでいてくれるんじゃないかと……」

倒錯的な願望と、歪んではいるが熱い愛を。

航は思わず、その体を背中から抱きしめた。誰よりも愛しい背中を——。

「ヒューバート」

広くはない浴室にこもる、熱を帯びた声。背中のやけど痕に口づけるリップ音。

「心配しないで。ぼくはもう、全部残らず、あなたのものだよ」

この髪もこの肌も脈打つ熱い血潮も、体のありとあらゆる場所すべてが。そして心の奥底までもが。

ヒューバートが不意に振り向いた。航はその腕で、口づけする間も惜しむかのように、抱きすくめられ、持ち上げられる。

そして彼は、今の囁きが真実かを確かめようとするかのように、立ったまま、航を激しく貫いた――。


――そのまま浴室で、何度愛されたのか、航の記憶はあいまいだ。

濡れた体を絡め合い、息も止まるほどに深いキスを繰り返して、幾度も幾度も、彼の性器を受け入れた。立ったままはもう限界だ、と泣きを入れると、今度は湯の溜まった浴槽の中に担ぎ入れられた。

多少なりとも浮力があるほうがヒューバートも楽なのか、お湯の中の交わりは彼のお気に召したようで、航はまた幾度も体位を変えて貫かれた。湯が大きく波打って、航は幾度かがぶりと湯を飲みこんでしまう。

「ああ、ヒューバート、ヒューバート、も、もうゆるして……」

「ダメだ、まだ離さない」

「あ……っ！」

おそらく最後の精液を、ヒューバートの手に握られながら放ってすぐに、航の意識はかくんと落ちた。

そして気がついたとき、航は亡き祖母の寝室の、あのベッドの上にいた。その航の上にさらに、ヒューバートの体が折り重なった格好で。

(まだ、愛されてる)

自分の中に堂々と居座ったままのヒューバートのものの感触に、航はひくん、とのどを震わせて喘いだ。おそらくふたりとも、精液など体内にもう一滴も残っていないに違いない。それなのにヒューバートも航も、まだひくひくと断続的に快楽を感じ合っている。

「ヒュー……バ……ト……」

もう声が出ない。

「……た、る……」

それはヒューバートのほうも同じだ。まるで皮膚同士が溶け合って離れなくなってしまったかのように航に打ちかぶさりながら、かすかな仕草で頬をすり寄せて、嗄れ切った声で睦言を囁く。

「わた、し、の……——わ、たる……——」

ヒューバートの手が、おぼつかない動きでシーツの上を這い回る。何かを探している仕草だ。

やがてそれは、望みのものを見つけた。自分のものよりひと回りか細い、航の手首だ。

ヒューバートは長い時間をかけて、航の両手首を探し出し、握りしめ、航が逃げ出せないよう、しっかりと拘束してしまった。

（……ヒューバート……）

まだ、航が別の男のところへ行ってしまわないか、不安なのだろうか。

日頃は常に明るい光を宿している濃い琥珀色の瞳が、まるで闇に潜む獣のように底昏く光っている。

その獣が、ぬうっと体を伸ばして、両手で押さえ付けた獲物に牙を立ててくる。

「ん……」

音を立てて舌を吸われながら、航は怯えに似た、暗い、けれどたまらなく魂を痺れさせる快楽に酔った。

（ヒューバートが、あの彼が、こんなにぼくを欲しがっている）

航もまた、淫獣となって喘ぎながら、ヒューバートの舌を吸い返す。

淫らな快感に浸りながら、航はたとえようもなく幸せだった。心が今までになく豊かに満たされていくのがわかる。

（ヒューバートが好きだ、ぼくはこんなにもこの人を愛している……）

その想いが、怒涛《どとう》のように胸の内から噴きあがってくる。彼に求められ、欲しいと貪られることが、嬉しくてたまらない。耳の奥がジンジン痺れて、体の芯が蕩《とろ》けるように満たされる。苦痛と悶えの中に、たとえようもない甘美さがあって、ひとときも身じろがずにいられない……。

「あ、ああん、あ、あ、あああ……」

ヒューバートが腰を使うたびに、航は子猫が鳴くような声をあげた。中に収まったヒューバートのものが、航の腹の底を突くように動く。

航が耐えかねて泣きだしても、ヒューバートは、そうして苛《さいな》むように愛することを止めてくれない。射精が終わりではない情交など、航は初体験だった。終わりがない。果てが見えない。どこで終わらせたらいいのだろうか。そもそも、終わらせたとしても、しっかりと繋がりきってしまったこの体は、離れることができるのだろうか。すでに溶け合って混ざり合ってしまったふたつの体を無理に引きはがせば、自分たちは互いに肉が裂けて、血を流して死んでしまうかもしれない……――。

「不安がらないで、航」

ヒューバートのかすかな囁きが、耳元に聞こえる。

「わたしたちはもう、ひとつのものだ……。このまま、きみの中にはわたしが残り、わたしの中にはきみが残ったままで、生きていくんだよ」

きみはわたしのもので、わたしはきみのものだ。その言葉に、航は両手首をぴくりと震わせる。

「この手を離して、ヒューバート」

航は告げた。

「きみを……抱きしめてあげたいんだ――」

航は嗄れた声を絞り出すようにして告げる。「お願い」と。

ヒューバートは実に渋々と、名残惜し気に航の手首を離した。

ようやく解放された両腕を挙げようとすると、肩の関節がポキリと音を立てた。それだけ長い時間、ひとつ姿勢で固められていた証拠だ。

「ヒューバート……」

航は自分の両腕すら、苦労して持ち上げなくてはならなかった。それでもやっと恋人の首のうしろに腕を回し、手のひらを彼の焼けただれた痕の残る背につけて、ヒューバートを抱きしめる。

「ぼくと……一緒にいて」

その耳に注ぎ込むように、囁く。

「いつまでも、ずっと、一緒にいて……。このカモミール・ハウスを、あなたの居場所にして」

「航……」

「ぼくと一緒に暮らして、ヒューバート。あなたと、幸せになりたい……」

曽祖父もきっと、イギリスで見初めたハンナにこう言って、日本に連れて来たに違いない。そう考えつつ、航はヒューバートに望みを告げた。

航の中に収められているものが、ぶるんと震え、少しだけずるりと引き出された。

その刺激に、航は「あ」と声を漏らす。

「やっと言ってくれたね、航」

ヒューバートの腕が、航の全身を抱き返してくる。

「感謝するよ。これでやっと、故郷の家族の墓に、素敵な伴侶が見つかったって報告できる」

「ヒューバート……じゃあ……」

「わたしの航――」

航の額に、唇が落ちてチュッと音を立てる。

「誓うよ。この先もずっとわたしは、きみのどんな望みも叶える、忠実な魔法使いでいることを」

その言葉と同時に、寝室のどこかに置かれている真鍮の鍵の石から、リーン……と、ひときわ高い音が鳴った。

航にはわかった。それは航の曾祖母ハンナや、祖母の春子、そして、あのイギリスの片田舎のティールームの老魔女の、予言の成就を祝福する声だということが。

航は衝動のままに、ヒューバートの首に腕を回して、ぶら下がるように全身を預けて抱き着いた。

愛おしい人。ぼくの恋人。そして、ぼくの伴侶――。

リーン、リーンと祝福の音が鳴り続ける中、航はしっかりと抱き返され、この上もなく深く、唇を重ね、長い間、離れようとしなかった。

庭では、夕刻になってしおれかけていたカモミールに、また次々と新しい花が咲いている。ヒコはその様子を間近に眺め、戸惑うように、驚くように、その花々の間をトコトコと駆け回っていた。

＊＊＊

一緒に暮らし始めて数年になるが、航の伴侶は相変わらず、驚くほどよく食べる。といっても体型はいつまでもすらりと美しくて、あれだけ何でもぺろりとたいらげるのに、全身、肥満の影すらない。

その伴侶は、ここひと月ほどカモミール・ハウスを留守にしていた。何でも、中欧某国の古い貴族の館をホステルとして改装したところ、吸血鬼だの人狼だのが出没するようになったとかで、その対処という大仕事のために出張していたのだ。だがその仕事も先日一段落し、今夜帰ってくると連絡があった。吸血鬼と人狼は、結局、館に棲み着いていた性悪妖精による幻術にすぎなかったそうだ。あまり危険な仕事にならずに済んで何より、と航は安堵する。

「今夜はまた、たくさんご馳走作らなくちゃね、ヒコ」

そうだね、まったくもう、あの食いしん坊め、という仕草で、赤茶色のテディベアはテーブルに肘をついてうなずく。

もっとも、そうメニューに頭を悩ませる必要はない。長期出張後、帰宅した日のデザートは、彼が一番好きな、リンゴの含め煮を使ったアップルパイ一択と決まっている。あとは、メインディッシュとスープを何にするか、それぞれ考えるだけだ。ジャガイモ料理は、昨日まとめて作ったばかりのマッシュポテトがたくさんあるし……。

「じゃあ、骨付き鶏モモ肉の赤ワイン煮込みを多めに作って……スタンダードなビーフシチューと魚介のパエリヤ……つけあわせに、野菜を何種類かオリーブオイルで素揚げしたもの……まあ、こんなものかな」

つぶやいて、パタンとメモ帳を閉じる。

伴侶がくれたメモ帳は、不思議なことに、航が新しい料理をマスターするごとにそのレシピが加わっていく仕様だった。しかも、新しい工夫や工程の効率化ができるようになれば、記述の内容もそれに沿ってレベルアップしていくという優れものだ。これなら、しばらく作らなかった料理も、以前の工夫やコツを忘れずにまたおいしく作ることができる。おそらくこれも、曾祖母や祖母たちが受け継いできた、カモミール・ハウスに宿った愛の魂のなせるわざだろう。

「……でもやっぱり彼、おいしいものが食べたい一心で、このレシピ帳を作ってくれたんじゃないかなあ」

航はそうつぶやいたのち、ちらりと可愛らしい幼なじみのほうを見て言った。

「どう思う？　ヒコ」

不思議なテディベアは、短い両腕を肩の高さまで挙げて、首を前後に振った。

——たぶんそうだろうね。まったくちゃっかりしたヤツだ……。

ヒコはそう言いたいのに違いなかった。

庭に出ると、夜空いっぱいが月明りに満ちていた。

今夜は満月だ。それも一年でもっとも美しく明るいとされる、中秋の名月。英名ハーヴェストムーン。収穫の月。

夜空の煌々《こうこう》たる月を見上げて、航はまるで彼の金髪のようだ、と思った。

そういえば彼が初めてこの家にやってきた夜も、満月だった。懐かしいな。あれからもう何年経つだろう。あのときは、満月の夜空を横切って飛んでくるホウキに乗った彼を、ただびっくりして、茫然と眺めていたっけ——。

あの日あのときから、彼と連れ添い、生きてきた日々。色々なことがあった。彼の家族の墓に参るために、一緒に渡英したときは、海辺の墓地の四つの墓石に向かって、彼は航を生涯ただひとりと決めた伴侶だと紹介した。あのティールームの魔女、マダム・アルバータとも再会し、その奇縁を心から喜ばれた。そんな歳月、いまだに慣れない魔法に驚かされることはあっても、嘆き苦しむことは何ひとつなかった。夢のような歳月の中で、金髪の麗しい伴侶への想いは朝な夕なに募ってゆく。

(——恋しいなぁ)

航は胸に燃える想いを感じた。伴侶の仕事ぶりはかなり評価されているようで、年間何度も月単位の出張をする。そのたびに航は、募る想いにじりじりと苛まれながら帰りを待ち続ける。もちろん出張中も連絡は取り合っているが、どんなに通信手段が発達しても、相手のぬくもりや吐息や匂いを感じることはできない。抱きしめられて、体を重ね、激しく熱く愛される疼きと悦びも。

キッチンでは、あの鋳鉄製の古いオーブンが、今も熾火を燃え立たせているだろう。シチューも赤ワイン煮もパエリヤも、もう最後の盛り付けを残すのみだ。アップルパイだけは焼き立てを出したいから、まだオーブンには入れていないが、皮に焼き目をつければすぐに完成だ。きっと今夜も彼は、おいしいおいしいと喜んで、全部ぺろりと平らげてくれるに違いない。

「早く帰ってきてくれないかな……」

思わずそうつぶやくと、足元にいたヒコが、肩をすくめるように、やれやれ、やっていられないよ、というそぶりをしながら、くるりと背を向けて屋敷のほうへ引き返していった。そのお尻のあたりに、また草の実がたんまりついている。たぶんまた庭池の鯉でもかまっていたのだろう。あとで一粒ずつ丁寧に取ってブラシをかけてやらなくちゃ、と思ったときだった。

月光に明るく照らされる夜空を、横一閃に切り裂いて、豆粒のように小さなシルエットが飛んでくる。空飛ぶホウキに横向きに座るその姿は、もう見慣れたものだ。

航は喜びつつ、リーン……と音を立てて光り輝くシトリンの守護石を手に持ち、ぐるぐると大きく振り回した。誘導灯のつもりだった。

すると長い脚を組んだ姿勢でホウキに乗ったその影は、月の輝く夜空を二、三回大きく旋回し、空を切る軌道も鋭く、すとんと地面に降りてくる。

「航……！」

月明りをはじくように輝く金髪。背が高く、男らしく胸板の厚い体格の影が、庭に降り立つ。

「ただいま！」

大きな荷物をふたつとも放り出し、両手を思いきり広げ、こちらへ駆けてくるその姿に、航は大きく息を吸って、胸を張る。

愛しい伴侶の名を、大声で呼ぶために――。

「ヒューバート！」

互いに駆け寄って、しっかりと抱き合い、口づけを交わす月下の影がふたつ。

抱擁《ほうよう》し合うふたりの間で、鍵についたシトリン石の護符が、リーン……と高らかに、祝福の鐘のような音を鳴らした。

幸せオーナーの料理長
～おでんの夜～

それは、ふたりが暮らし始めて、最初の冬が本格的になり始めたころのことだ。

航《わたる》はぱちりと目を覚ますなり、まだ寝息を立てている伴侶の下で、体をずらして重みから逃れた。

ベッドの上に起こした半身は、何ひとつ身にまとわない全裸だ。シーツの狭間に横たわっている金髪の伴侶も同じ姿で、昨夜、ふたりがどんな夜を過ごしたかがひと目でわかる。

「う……う、ん……」

体の下から伴侶の温かさが消えたことが不満なのだろうか。金髪の青年は、夢うつつの中、長い両腕で寝具のあちこちを探り回わっている。

航はそのさまを、クスリと笑いながら眺めている。

「おねぼうさん、あなたも早く起きてね」

チュ、とキスを落としてから、昨夜脱がされたまま床に落ちていた下着を探し出し、その他の衣服も身に着けていく。

「ふわぁ、寒い寒い」

凍《い》てつくような冬の朝だ。屋内だというのに白い息を吐きながら寝室から出てきた航は、まずキッチンでマッチをすってストーブに火を入れると、かじかむ手をこすり合わせながら食事室のテーブルに着き、スミレの花模様のクロスの上でペンを取り上げ、メモ用紙と向かい合った。

そして次々に項目を書き加えてゆく。
1　だいこん

2　こんにゃく
3　ゆでたまご
4　ちくわ
5　はんぺん
……etc.《エトセトラ》

「うーん……」

航は考えに考え、十四番目まである項目のうち、「8　手羽先」を二重線でガッと消し、代わりに「ロールキャベツ」と書き入れる。

「まぁ、こんなものかなぁ」

なおも悩んでいると、背後からぬうっと、豪華な金糸をたわわに乗せた頭部が突き出されてくる。

「おはよう航。ずいぶん考え込んでいるね。これ、何のリスト？」

「ヒューバート、おはよう」

航は驚きもしない。この魔法使いが壁紙の中からいきなり現れるのには、もう慣れっこだ。

「新しい料理のレシピ……というか、具材の候補だよ。今、どの具を使うか、精査して整理中」

何しろ出汁《だし》の取り方からして、地方ごとに違う料理だ。使われる具の種類も定番から変わり種までたくさんある。家庭によっても少しずつ違いがあるようで、かつての松永《まつなが》家では、航の祖母春子《はるこ》が、微妙にコンソメ風味を利かせた出汁で洋風に仕上げていたらしいと、例のレシピ帳でわかった。航がこの家に預けられていた当時、作ってもらった記憶がないのは、おそらく食の細い祖母と幼児の航のふたりでは、鍋一杯にボリュームのあるそれは消費しきれなかったためだろう。

「毎日毎日、凝《こ》った料理を振る舞ってくれて、何だか悪いね。少しも手伝えなくて」

ヒューバートはいまだにキッチンに近寄ることができず、したがって料理もまったくできない。航はそんなこと気にしないで、と頭を振った。

「大丈夫さ。これは出汁さえ上手に取れたら、あとは具材を煮込むだけの料理だから、そんなに面倒じゃないよ」

航はあえて詳しく教えずに、あとのお楽しみとばかり、カタンと椅子を引いて立ち上がる。

「さあ、じゃあ買い出しに行ってくるよ。ヒューバート、その間の留守番、お願いできるかな。朝ごはんにはシリアルと小口切りにしたフルーツを用意してあるから」

＊　＊　＊

カタン、とカラになったシリアルの皿に、スプーンを置く。

こんな簡易な朝食でも、わざわざ手をかけてフルーツを刻んでおいてくれる航は、本当に細やかな人だ。それに――。

（また何か、おいしいものを作ってくれようとしているみたいだな……）

それを思うと、思わずヒューバートは口元がほころぶ。

航はベッドを共にした夜も、よほど気持ちが高ぶったときにしか「愛している」と言ってくれない。その代わり、日々手の込んだおいしいものを食べさせてくれる。これは彼なりの愛情表現なのだ。特別な、珍しい料理なら、なおさら。

「愛されているなぁ」

ほわっと温かい思いに満たされるヒューバートの胸の内とは裏腹に、ひゅぅぅ、と屋敷の外から、寒風の吹きすさぶ音が聞こえる。見れば、ヒコが落ち葉まみれになりつつ、枯草の上を転げ回って遊んでいた。何もかも枯れ果てる冬が来てから、心優しい航は庭木の上にエサ台を設け、野鳥や小動物たちが食料のとぼしい季節を生き延びられるよう、手製のバードケーキや輪切りにした新鮮なフルーツ、栄養価の高いナッツなどを置いてやっている。ヒコはそこに来るリスなどを観察するのが楽しいらしく、ここのところ毎日庭で遊んでいた。

「元気なやつだ」

そうつぶやいてから、ふと何気なく手元を見ると、テーブルの上に、メモ用紙が数枚残っていた。幾度も文字を二重線で消した跡があり、航が試行錯誤を重ねたことがわかる。

（わたしに食べさせるための料理か……）

メモ用紙にチュッとキスをしてから、ヒューバートはふと好奇心をそそられた。いったいあの航が、どう考えを巡らせて、どんな料理を作ろうとしているのか。

——夜まで待てば、おのずとわかるのだろうが……。

どうにも待ちきれない。彼が自分に与えてくれる愛がどんなものか、今すぐに知りたくなった。ヒューバートは結局、誰もがそうなるように自分の好奇心に負けて、メモを机の上に置き、呪文を唱えて魔法陣を浮かび上がらせた。日本《にほん》語の読み書きができないヒューバートには、他に手段がない。

それは立体的に二重になっており、下の魔法陣が「いち、だいこん」と読み上げると、上の魔法陣が「ナンバーワン　ジャパニーズホワイトラディッシュ」と英語に訳してゆくのだ。

魔法力に感応してか、テーブルクロスのスミレの花の刺繍《ししゅう》が、ぴくぴく、と身を起こそうとしている。

「に　こんにゃく」

「ナンバーツー　デビルズ・タン」

「ええ？」

ヒューバートは思わず魔法陣を展開させていた手をぐっと握って、メモの読み上げを一時中断させる。

「デ、悪魔の舌《デビルズ・タン》だって……？」

よろっと半身を引いて戸惑う。そんな食材の名は、聞いたことがない。

ナンバースリーは「ボイルドエッグ」だった。うん、それならまあ具材としてはふつうだ。卵が鶏のものであればの話だが。

――航はわたしに、何を振る舞ってくれようとしているんだ……？

ひどく困惑しているヒューバートの背後の窓から見える光景の中で、樹上のリスを追って冬枯れの庭をちょこちょこと駆け回っていたヒコが、寒風に吹きとばされ、地面の上をコロリコロリと転がって行った。

日本の東北《とうほく》地域は世界三大豪雪地帯のひとつらしいが、カモミール・ハウスが建っているあたりは、めったに雪は降らない。その代わり、間断《かんだん》なく乾いた寒風が吹きすさび、さほど低温でもないのに、その痛さは身を切るようだ。

「夏はあれほど湿気ていたのに、すごい落差だ」

カラカラに乾いた枯葉が丸まって転がっていくさまを窓から見つつ、ヒューバートはつぶやく。

「……それにしても寒いな……」

寒さの理由はわかっている。朝方、出かける前に航が薪《まき》をくべておいてくれていたストーブ兼オーブンの火が、落ちてきているからだ。おそらく、薪はすでに燃え尽きて、熾火《おきび》になってしまっているに違いない。この屋敷はキッチンからの暖気を壁の中の配管で全室に行き渡らせる仕掛けになっているから、ストーブ兼オーブンには、本来、料理をしないときも常に薪か豆炭をくべておかなくてはならないのだ。航の祖母春子が健在だったころは、冬の間ずっとそうしていたと聞く。

だがヒューバートに、ストーブや薪は扱えない。火災で家族を失い、自分も大やけどを負って、今も火へのトラウマが深いからだ。

その火災のときの痛みと悲しみを瞬間的に思い出し、ヒューバートは震え上がる。

だが、この家にはもうじき航が帰ってくるのだ。寒い外を、あちこち回ってきた航が。自分のために、この寒空の中、ひとりで買い出しに出かけた航が――。

「それなのに、帰ってきたとき、家の中がこんなに寒かったら可哀想だな……」

ヒューバートは迷い、それから心を決めた。

そうして、まるで生還を期待できない戦場へ向かう騎士のような表情で、椅子から立ち上がり、オーブンのあるキッチンのほうへ、歩みを進めて行った――。

＊　＊　＊

しばらくして、航は大きな買い物袋をふたつ両肩にかけた格好で帰ってきた。どさり、と食事室のテーブルに置かれた買い物袋からは、ヒューバートが名前も味も知らない食材が雪崩《なだれ》のようにあふれ出てくる。

そしてキッチンに立った航はまず、キャベツの大玉から十枚ほどの葉を剝《む》き取り、それをさっと鍋の湯にくぐらせてしんなりする程度に茹《ゆ》であげた。その大きな葉でひき肉と玉ねぎのみじん切りを混ぜたものをくるりと包み、見事な手つきで見る間にロールキャベツを作り上げていく。

「どこが面倒じゃないって？」

ずいぶん手間をかけているじゃないか、とばかりヒューバートが食事室で口を尖らせると、航は「こんなのは面倒のうちに入らないよ」と肩をすくめる。

「あとはだいこんの面取りと下茹でくらいかな……ああ、そうだ、トマトの湯剝きもしておかないと」

航が尻のほうに十字に切り目を入れたトマトを熱湯の中に転がし、すぐ冷水にあけると、トマトは難なくするりと薄い皮を脱いでしまった。ヒューバートは、ほう、と感心する。

ジャパニーズホワイトラディッシュこと「だいこん」は、成人男子の腕ほども長さと太さがある存在感抜群の野菜だった。日本では昔から栽培されてきた、ありふれた野菜だ、と航は言ったが、指でつまめるサイズのラディッシュしか知らないヒューバートにとっては、とても珍しい代物だ。

航は厚さ二センチほどの、輪切りにしただいこんの外皮をくるりと剝くと、直角になっている切り口の端を斜めにぐるっとそぎ落とし、その平らな面に厚さの半分ほどの切り込みを十字に入れた。

航が言う「出汁」はすでに出来上がり、素朴な陶器製の「ドナベ」一杯に満ちている。日本風のカツオ出汁に、ほんの少しチキンブイヨンを足した、かつての松永家秘伝の洋風出汁だそうだ。

「あっ、そうだ。こんにゃくも臭み取りをしておかなくちゃいけないんだった」

ぴっちりとくるまれたビニール袋を破ると、絶妙な弾力でぶるんと震えるものが引きずり出されてくる。濃い灰色をした、長方形の物体に、ヒューバートは慄《おのの》いた。

「デ、デビルズ・タン……！」

「えっ？」

その長方形を四等分にすっぱりと切り分けた航が、包丁を手にしたままヒューバートのほうを見る。

「そういえば『こんにゃく』のことを英語でそう言うんだったね。誰がつけたか知らないけど、悪魔の舌なんてひどい言いがかりだ」

包丁を使う航の顔は穏やかだ。とてものこと、悪魔の舌を切り刻んでいるようには見えない。しかし、くだんのものは、彼によってさらに三角形にされ、細かな切れ込みを入れられた上に、塩を振られてぐいぐいと揉まれている。

「これはね、こんにゃく芋っていうサトイモ科の芋を煮てから、潰して固めたものだよ。けっこう食べ応えがあるのに、カロリーがゼロっていう優れもので、ダイエットにはもってこいなんだ」

「へえ、それはすごいな」

一応は現代人であるヒューバートも、現代の過食社会におけるダイエットの重要性は知っている。満腹感は得られるのにカロリーゼロとは、すばらしい食材だ。

「最近ではヘルシーブームで海外でも少しずつ食べられるようになってきたって聞くけど、昔の人には不気味な食べ物に見えたから、そんな名前がついたんだろうね。でも、おいしいよ」

塩もみされた悪魔の舌は、さらに鍋の湯でさっと茹でられる。その名に違わず、なかなかに厄介な食材のようだ。

「きみがそう言うなら楽しみにするよ」

ヒューバートは笑いながら答えた。

「よーし、下ごしらえ完了！」

航がパンと手を打つ。均一に作られたロールキャベツは兵隊のように整列し、だいこんとこんにゃくは下茹でをされ、ゆで卵はつるりときれいに殻を剝かれて、じゃがいもは皮を剝いて丁寧に芽取りまでされ、トマトも丁寧に湯剝きされている。見事な出来栄えだ。

楽しみでワクワクする。航はそんなヒューバートの顔を一瞥《いちべつ》してふふっと笑い、下茹で済みのだいこんを次々に土鍋の出汁の中に投入しながら、「これはね」と話しかけてきた。

「おでん、っていう料理なんだ」

「オディン？」

「庶民的な料理なんだけどね、人気があって、日本の各地方でそれぞれ独特の具材や味付けがあるんだ。代表的な日常和食だから、どうしてもあなたに食べて欲しくて」

それで二、三日前からネットで下調べをし、練り物の専門店が近隣にないか探して、見つけた店に今日、行ってきたのだと言う。

「航……」

ヒューバートの胸に、じわじわと嬉しさがこみ上げる。

その献身に、きみの愛を感じる。そしてそれ以上に、きみへの愛をもっと強く感じる。今まさに、この胸の内が燃えている――……そんなことを真剣に考えているヒューバートをよそに、航はさらに出汁の中に三角形に整えたこんにゃくとゆで卵を投入した。これで一度三十分ほど煮て、火の通りにくい具材に一通り火が通ったところで、次の具材を入れるのだそうだ。

「男爵じゃがいもはあまり長時間煮ると溶けちゃうから大根よりあとに入れて、はんぺんなんかは、食べる三、四分前に入れるんだよ」

「ハンペーン」

ヒューバートの発音を聞いて、航は菜箸を持った手で顔を隠しながら、「笑っちゃダメだ。あ、でも笑っちゃいそう……」というそぶりをした。

可愛《かわい》いな、とヒューバートは心を震わせた。そして椅子から腰を上げ、伴侶に向かって、不埒《ふらち》な手を伸ばした。

＊＊＊

三十分後、航は、じゃがいも、トマト、ちくわ、ロールキャベツ、さつま揚げ、もち巾着、ごぼう天としらたきを土鍋に入れた。その三十分の間に食事室で何があったのかは、腫れたように赤らんだ唇と、やや乱れた襟元《えりもと》、そしてそこから覗くベリー色の痕《あと》が物語っている。

航のその姿に、ヒコが「わあ、見てらんない」とばかり、両手で目を覆って逃げて行った。

「これでひと煮立ちさせたところでトマトを潰して、あとは鍋をくるんで保温、だね」

実は今、寝室ではヒューバートが航がやってくるのを今か今かと待っているところだ。食事室での不埒な戯《たわむ》れが、いささか盛り上がりすぎてしまったので、続きは残りの具を入れてからね、と約束して、航は伴侶を先に寝室へ行かせたのだ。

「おでんでよかった……」

航は顔を赤らめながら、しみじみと言った。これがずっと火加減の番をしなくてはならない料理だったら、焦げ付かせてしまうところだ。航はそう思いつつ、火から下ろした土鍋を、すっぽりと古毛布で包んだ。こうして放置しておけば、ずっと火にかけておくよりもうまい具合に、じっくりゆっくり、中の具材に熱が通り、出汁が染みていく。夜になるころには、しっかりと味の沁み通った、おいしいおでんができているはずだ。

「さて……」

航は顔を上げ、顔を赤らめつつもきゅっと唇を引き結び、おもむろに、伴侶の待つ寝室へと向かった。

彼の愛を享《う》け、悦びに浸《ひた》るために。

航が寝室に入ると、まだ昼間だというのに、寝室は薄暗かった。厚いカーテンをぴったりと閉めているからだ。それがいかにも、これからいけないことをする、という気分を盛り上げて、航を総毛《そうけ》立たせる。

「待っていたよ。マイスィート」

ヒューバートはこれからたっぷりと情事を楽しもうとする悪い男の顔をして、すでに全裸でベッドに横たわっていた。「さあ、おいで」と肘枕をついた姿勢で航を招く視線はひどく妖しい。

その肉体の張り、そして色艶《いろつや》。まるで最高峰のギリシャ彫刻に命が吹き込まれたかのようだと航は思った。背中のやけど痕すらも、この人にかかるとぞっとするような昏《くら》い魅力になってしまう。

「あまり長くはダメだよ」

セーターをまくり上げて脱ぎながら、航は釘を刺した。

「それに、夕食の時間になっても起き上がれない、なんてのは困る」

「善処するよ——なるべく」

巧妙に、約束する、とは言わず、ヒューバートは両腕を広げる。相変わらずちゃっかりしているなぁもう、と、航はため息だ。

この人には、そういうずるいところにさえ不思議な愛嬌《あいきょう》があって、嫌いにはなれないのだが……。

ヒューバートほど大胆ではなくても、航ももうすでに、恋人の前で服を脱ぐことに恥じらいやためらいを覚えることはなくなっている。焦らすでもなく、だがはしたなく慌てるでもなしに、するすると裸体になっていく。

ヒューバートはその様子を、濃い琥珀色《こはくいろ》の目を細めて、うっとりと眺めていた。

ベッドに入る。愛し合う前のふたりの習慣通り、航は彼の広い胸に身を寄せて、濃厚なキスを交わした。

「ヒューバート……」

ヒューバートの舌と唇が、待ちかねたように航を貪《むさぼ》ってやまない。

「あなたときたら」

ようやく恋人の執拗《しつよう》な愛撫から逃れた航が、苦笑しつつ言う。

「おいしいものを食べさせてあげようとしてるのに、ついでにぼくまで食べないと気が済まないの？」

ヒューバートは陽気に破顔して答えた。

「そうさ。わたしは、きみの何もかもを独占しないと気が済まない。ひとかけらだって、取りこぼしなんかするものか。空腹の猫みたいに、皿までピカピカに舐《な》めてやる」

「もう、欲張りなんだから」

半笑いで憎まれ口を叩くと、ヒューバートはそんな航を抱き込み、ぐるっと半回転して体の下に敷き込んだ。

「……愛しているんだ」

そして思いもかけないほど熱い真剣な声で囁《ささや》いてくる。

「きみを愛しているんだ、航……本当だよ。ただそれだけなんだ……」

そのときになって、航はおやと気づくことがあった。

ヒューバートが震えている。ぴったりと身を寄せ合わせていなければわからないくらいにかすかに、けれど確かに、体の芯をカタカタと震わせている。

（どうしたのだろう。何か怖ろしい白昼夢でも見たんだろうか）

ヒューバートは一見、ユーモア好きの陽気な性格だが、実はその心の奥底には深い傷を負っている。そして時折、その傷の痛みが彼の心の表層に浮かび上がってくるのだ。そういうとき、ヒューバートは顔色を褪《あ》せさせ、唇は紫色になり、体の震えが止まらなくなる。今の彼は、そういう状態からようやく少し回復したときに似ていた。

「ヒューバート？」

どうしたの、と肩を撫《な》でる。少しだけ使える癒《いや》しの力を彼に注ごうとすると、ヒューバートはますます強く航を抱きすくめてくる。

「好きだよ、航」

航の不審をはぐらかすように、彼は言った。

「早くきみとひとつになりたい――」

航は確信した。ついさっき、自分の留守中に、彼を怯えさせるような何かがあったのだ。だがヒューバートはそれを隠して誤魔化してしまうつもりらしかった。

だったら、仕方がない。無理に彼の口を開かせることはできない。それは彼の誇りを傷つけることになる。ヒューバートは、見かけはほがらかだが、プライドの高いところがあるから。

（いいよ、ヒューバート。誤魔化されてあげる——）

航はヒューバートの唇に短いキスを贈ると、彼の腕に囲われたまま、くるりと背を向けた。

そして寝具の上に両手をついて、四つ這《ば》いになる。今はこの姿勢で愛されたい、という意思表示。

——何も言わないことを、あなたが望むなら……。

思惑通り、四つ這いになった背後から、ヒューバートの体が重なってくる。

「あ……あ、ああ……！」

昨夜幾度となく愛された航の体の入り口は、まだその名残をとどめて柔らかい。

ひと息に奥まで貫かれた航は、両手に寝具を握りしめて、彼のものを受け入れる甘い苦痛に耐える。

下腹の中に、愛する人の熱と慄《おのの》きがある。それがひと呼吸置いたあと、おもむろに動き始めて……。

「ああ、ヒューバート、ヒューバート……！」

ひとつに繋がった伴侶を呼ぶ淫らな声が、湿ったねばる水音と共に、寝室の蒸れた空気を震わせた。


じっくりと保温調理されたおでんは、食べる前にもう一度沸騰寸前まで温めて、最後の具として白いはんぺんを入れる。

「それは何が原料？」

伴侶に尋ねられて、航は答えた。

「魚の身をすり潰して、卵白や山芋でふわふわにしたものだよ。ちなみに魚はサメを使うこともある」

「サ、サメ……？」

ヒューバートは怯えたように、背後から航を抱きしめる腕に力を込めた。その姿は腰から下しか衣服を着ていない半裸だ。

「大丈夫だよ、ちゃんとおいしいから。それよりヒューバート」

航は自分の背中にくっついている伴侶に、気づかわしげに声をかけた。

「あなた、こんなに火に近い場所にいて平気なの？」

「ああ、きみと一緒なら大丈夫になったみたいだ」

「本当に？」

背後から自分に抱き着く力は尋常でなく、しかもその腕は震えている。こうしてキッチンに入れたことからも、彼が炎恐怖症の一部を克服したことは確からしいが、まだまだ完治には程遠いようだ。

それとなく、気をつけてあげなくては。

「ヒューバート、それよりちゃんと服を着ておいでよ」

真昼間から盛り上がったときの姿のままでいる伴侶を、何だか恥ずかしくて直視できず、「また風邪を引くから」と忠告すると、魔法使いは、

「そうなったらまたきみが看病してくれるだろう？　愛を込めて」

などと憎たらしいことを悪い顔で言う。

以前、ヒューバートが風邪を引いたとき、ふたりの心は結ばれた。あのとき航は、今思い出しても、顔が赤らむような熱烈な告白をした。そのことを引き合いに出して、彼は航をからかっているのだ。

「もう！」

航は珍しく本気で憤《いきどお》った。

「そんな嫌なこと言う人には、ゆで卵もロールキャベツもあげないからね！」

ヒューバートはおかしそうに笑う。

「それは困るな。ボイルドエッグもロールキャベツももちろんだが、悪魔の舌もチクーワもサメのハンペーンも食べてみたい。出しておく食器は、シガラキの深鉢でいいのかな？」

「それより先に服を着てってば！」

航はほとんど怒鳴りつけるように告げた。

「わかったよ、愛する人——きみの意のままに」

チュッ、とリップ音を投げておいて、ヒューバートは寝室へ向かって行く。

「……ぼくも愛してるよ、バカな人」

航はその裸の背中に、日本語でつぶやいた。そうして、むすっと結ばれていた唇が、やがてほころんで、笑みの形になった。

＊＊＊

「わぁ、これはすごい」

土鍋の蓋が開かれるや否《いな》や、ヒューバートは感嘆の声を放った。

ストーブから下ろされてテーブルの鍋敷きの上に運ばれた土鍋は、まだぐつぐつと中身を煮えたぎらせていた。ずいぶんと素朴な土づくりの鍋だと思っていたが、どうしてどうして、すごい保温性だ。航はその鍋の中から、たっぷりと出汁に浸った具を、ヒューバートの深鉢にいくつか引き上げてくれる。

そして、「かなり強烈な風味だから、あまりつけすぎちゃダメだよ」と注意しつつ、深鉢の端に濃い黄色のものを、チューブからひねり出してなすりつけた。

「これ、マスタード？」

「からしだよ。か・ら・し」

ヒューバートは目を凝らした。イギリスのマスタードと似ているようだが、香りが少しちがう。色も濃くて鮮やかだ。これはこの国独自の調味料なのだろうか？

「ほんのちょっぴりだけ、具につけて食べてみてね。おいしさがうんとアップするから」

「へえ、じゃあどれから食べようかな」

ヒューバートは行儀悪く、迷い箸ならぬ迷いフォークをした。深鉢に盛られた具は、ヒューバートにとってはなじみのない食材ながら、どれもふっくらと出汁を吸い、ほこほこと湯気を立てて、実においしそうだ。

「きみなら何からにする？　航」

選択に窮《きゅう》したあげく、ヒューバートは伴侶に尋ねることにした。

「ぼく？　そうだねぼくなら、だいこんから箸をつけるかな。地味な具だけれど、だいこんこそはおでんの王者にして王道だそうだから」

ふうん、と小首をかしげる。どこらへんが王者で王道なのかはわからないが、ラディッシュの仲間なら、多少形や色が違っていても、味がどんなものかはだいたい想像がつく。いきなり悪魔の舌やサメの肉からいくというのも、魔法使いとしては冒険心がそそられるが、まずは航が勧める通り、王道から足を踏み入れてみよう。

「いただきまーす」

ふたりは図らずして声を合わせ、同時にからしを薄く塗っただいこんにかぶりつく。

そして同時に、はふっ、はふっ、とその熱さを口から逃がした。

「熱っ……熱っ……！」

「うん、ほふっ、ほふっ、思ったよりもいい感じに、はふっ、はふっ、出汁が染みてる……」

航がのどを反らせて熱さに喘《あえ》ぎながら、珍しく自画自賛する。

ごくり、とのどを鳴らして、咀嚼《そしゃく》しただいこんを呑《の》み込んだヒューバートは、大きな声をあげた。

「おいしい！　確かにラディッシュに似たシャクッとした食感はあるけど、これは今までに経験したことのない味だ！」

　それにしても暑い。ストーブで室温が保たれているとはいえ、真冬のこの季節に、うっすらながら汗をかくほどだ。からしの効果かもしれないが、熱い出汁をたっぷり吸っただいこんの熱が、そのまま体の中に入ってきたような感じがする——。

「洋風出汁のおでんなんてぼくも初めてだけど、結構いけるね」

　航が控えめに評するのに、ヒューバートは異議を唱える。

「結構どころじゃない。世界一だ！」

　額に汗をかきながら感動に打ち震えているヒューバートに、航はくすっと笑って告げた。

「いいこと教えてあげようか、ヒューバート」

「何かなマイ・スウィートハート」

「おでんにはね、日本酒が合うんだ」

　じゃーん、と擬音つきで、航は毛筆文字のラベルがついた酒瓶を、テーブルの下から取り出して見せる。美しい若竹色をしたガラスの一升瓶だ。

「日本酒は蒸したコメを発酵《はっこう》させて作るんだ。コメとブドウの違いだけで原理はワインと同じ。だからライスワインと呼ぶ人もいる。初めてでも飲みやすいと思うよ」

「へえ、そうなのか」

しかもこの品は、ここから少し離れた町にある酒蔵の季節限定品で、今シーズン一番のしぼりたて新酒。航はその味の評判を聞いて、わざわざ蔵まで出向いて買ってきたのだ。そうと聞いて、思わずヒューバートののどがごくりと鳴った。

「飲むかい？」

「飲むともマイ・スウィーティスト！」

魔法使いは陽気に即答した。航は信楽《しがらき》焼のぐい飲みをふたつ、食器棚から取り出した。

航の前で、ヒューバートは陽気に飲んで食べ、終始ご満悦だった。これはまるで、ローマ皇帝の饗《きょう》宴《えん》のように贅沢《ぜいたく》な晩餐《ばんさん》だ、とまで言いながら。

褒めすぎだ、と口では言いながらも、航は安堵した。ヒューバートにとってはなじみのない異国の料理だから少し心配していたが、気に入ってくれたようで何よりだ。

おでんの具には、男爵イモにも、ロールキャベツにも、ちくわにもはんぺんにも、しっかり出汁が染みていて、ヒューバートは汗をかきかき、そのすべてを味わいつくした。途中でセーターを一枚脱いだほどだ。

ぐい飲みでいただく日本酒も、彼は気に入ったようだ。熱いおでんに常温の瑞々《みずみず》しい新酒。口の中の温度をいったん下げてリセットするにはもってこいだと、次々に杯を干しながら、ずいぶんと喜んでいた。

「ああ、たまらない！　さつま揚げもしらたきもごぼう天も、何もかもこの新酒に合っておいしい……！　このさつま揚げというのは魚肉のパテだね。そしてしらたきは、悪魔の舌を細長く作って糸かせ状に結んだものだ。大きな固まりのものと違って独特のプチプチした歯ごたえがあって面白い。ごぼう天の中に入っているのは、これは根菜かな？　繊維《せんい》が多くて健康によさそうだ」

勢いよく食べ続け飲み続けるヒューバートを、航は黙って見守っていたが、そうだ、と思いつき、ひとつのアドバイスをする。

「ヒューバート、ゆで卵の黄身をこの出汁に溶いて飲むと、おいしいんだよ。試してみて？」

「うん、そうか、試してみよう」

ヒューバートはフォークの先でゆで卵を割ると、さっそく、出汁の中で念入りに黄身を潰した。そして信楽焼の深鉢を持ち上げ、ふちに口をつけて、コクコクと飲み干す。

「ぷはあ」

おいしい、の一言はなかったが、その汗をかいた表情で、航にはヒューバートの味わった感動が伝わった。こんなに喜んでくれるなんて、遠くまで買い物に出かけて、色々と手間をかけて調理をした甲斐があったというものだ。

「……意外においしかったね」

箸を置きながら航がしみじみと言うと、ヒューバートは「いやいや」と口走りながら、首を横に振った。

「全然、意外じゃないよ航。想像以上ではあったけれどもね」

「じゃあ、満足した？」

「したとも！」

ヒューバートはいきなり立ち上がり、アリアを歌いあげるテノール歌手のように両手を大きく広げた。

「ああ、航。料理のおいしさにも感激したが、何よりも、きみの愛を感じられて、とても幸せだったよ……」

「……」

「航？」

ほら、ハグハグ、とばかり、ヒューバートは広げた両腕をばたつかせて催促してくる。航はため息をつきながら、立ち上がった。

「ちょっと待ってヒューバート。その前に片付けをしないと……」

おやおや、とヒューバートは嘆息する。広げた両腕が虚空《こくう》を掻いていた。ここは熱く愛を交わすべき場面だというのに、とでも言いたげな顔つきで、彼はこう言った。

「そんなのは明日の朝一番に、わたしがやってあげるよ。だから今は、わたしと」

大事なのはこの夜だ、とヒューバートはいかがわしい思惑がだだ漏れな言葉を力強く語る。彼としてはこの幸せな気分のままに、またまたベッドに雪崩込みたいらしい。

「ねえ航、今のわたしたちにとって何より優先すべきは、この夜をいかに素敵に、情熱的に過ごすかじゃないか？」

「ヒューバート、あなた酔っているんだよ。もう……」

仕方のない人、と愚痴《ぐち》る航も顔が赤らんで、足元が少しふらついている。ああ、いけない。彼が目の前で、あまりにおいしそうに勢いよく飲み食いしてくれるものだから、つい自分も楽しい気分になって、思っていたより酒を過ごしていたみたいだ――。

「昨夜も、今日の昼間もしたばかりなのに、酔った勢いでまたするつもり……？」

嫌だよ、そんなだらしのない、とつぶやきながら、酔いに潤んだ目で見つめると、ヒューバートは唇を噛んで、何やら決意を固めたような顔をした。

「航、見て」

そしておもむろに、キッチンに行ってマッチ箱を取ってくると、その中の一本を手に取る。

「え、何……」

航が戸惑う前で、ヒューバートは震える指で、しゅっと音を立てて、マッチをすった。航は酔いなど一度に吹き飛んで、驚きの声をあげる。

「ヒューバート！　あなた……！」

炎恐怖症なのに、何てことを……と驚きながら、航にはふと気づいたことがあった。

昼間、買い物から戻ってきたとき、屋敷の中はほのかに温かく、航はその温かさに無意識のうちにホッとしたものだ。朝、出かける前にくべて行った薪はもう燃え尽きて、たよりない熾火になっていたはずなのに。それに調理にかかったときも、オーブンの中の火はまだ落ちてなくて、すぐに湯を沸かすことができた。不思議に思いつつも、あのときは忙しくて、深く考えることもしなかったけれど。

航の留守中に、誰かが薪を継ぎ足したに違いない。でも、誰が？　まさかヒコではないだろう。ではヒューバート以外に考えられない。でも、この重症の炎恐怖症の魔法使いが？　ストーブの扉を開いて薪をくべるなんて、怖くてたまらないはずのことを、精一杯我慢してやったというのか？

だから——だから昼間のベッドでも、その後遺症で、あんな風に震えていたのだろうか？

「ヒューバート……」

茫然《ぼうぜん》とする航の眼前の、彼の指先で、ぼうぅ……と、小さな火が燃え上がり、細い軸がつまんだ指のほうへ、どんどん近づいて行く。ヒューバートは唇をきゅっと引き結んだ顔で、その火が自然に消えるまで懸命に耐えた。

「ほ……ほら、もう大丈夫だ」

とても大丈夫とは言えない顔色ではあったが、ともかくも彼は航に向けて微笑《ほほえ》んでみせた。

「きみがわたしのために手のかかる料理を振る舞ってくれるように、わたしだってきみのためなら、どんなことだってできる。寒い外から帰ってくるきみのために、ストーブに薪をくべることだってできたんだよ。この世の何より怖ろしく、わたしから家族の命と健康な皮膚を奪った火すら、きみへの愛を証明するためなら、わたしは平気で扱えるようになれるんだ。それが――」

ヒューバートは長い腕を回して、航をそっと抱きしめてくる。

「それが今このときに、わたしが感じている誇りだよ、航――」

「……」

抱きしめられたまま、航は思った。

伴侶に献身しているのは、ぼくだけではなかったのだ。彼も、いや彼のほうこそが、火が苦手で怖くてどうしようもないのを必死にこらえて、ストーブに薪をくべ、ぼくを温かい家に迎えてくれたのだ……。

航はしばらくの間、大人しく抱きしめられるがままだった。やがて怯えたようにそろそろと、ようやくヒューバートを抱き返す。顔を見られたくなくて彼の胸板に押し付けた頭が、耳朶《じだ》から裏側まで発火したように熱い。

顔を押し付けたまま涙ぐんで、小さく鼻をすする。

(――バカな人。ぼくなんかを好きになって、そのためにやせ我慢して、何より怖ろしいはずの火まで扱ってみせて――。本当にバカな……そして愛おしい人)

愛してる、愛してる、と心の中で繰り返しながら、航はヒューバートを抱き返す手に力を込めていく。しっかりと、決して離さないとばかりに。

「――ト」

「うん」

吐息のようなか細い声を聞き逃すまいと、ヒューバートは耳を澄ませている。

窓の外では、いつの間にかこの地方には珍しい雪花《せっか》が降り始めていて、ヒコが可愛らしく跳ねながら両手をいっぱいに伸ばして、それを一所懸命に受け止めようとしていた。

航はようやく、声を振り絞るように囁く。

「ぼくのヒューバート……ぼくの……大好きなヒューバート……」

ふたりは固く抱き合いながら、しっとりと、だが互いに貪り合うように、熱いキスを交わした。

外は凍りつく冬。なのに、テーブルクロスのスミレの花たちは、ふたりを祝福するように、ぽん、ぽん、と次々に身を起こして咲き競う。

氷のように寒く、同時に火のように熱い夜が、始まろうとしていた——。

あとがき

ＢＬ《ボーイズラブ》をこよなく愛する素晴らしき読者の皆さま。ごきげんよう、高原《たかはら》いちかです。

さて前回の本のあとがきでもコロナ禍のことに触れましたが、一年経った今も、緊急事態宣言こそ解除されたものの、まだまだ警戒は緩められない情勢です。おまけに今冬はインフルエンザの流行も見込まれるとのこと。高原は少しノドが弱いこともあって、毎年自主的にインフルエンザワクチンを接種しておりますが、皆さまにおかれましても、どうかそれぞれにご用心なさってくださいますように。


いきなり景気の悪い話題から入ってしまいましたが、病気の話はいったんおいて、この本は楽しんでいただけましたでしょうか？　高原は自分で壁紙を貼ったりペンキを塗ったりして部屋の模様替えをする、いわゆるＤＩＹ《ディーアイワイ》が好きで、本棚づくりから壁の漆喰《しっくい》塗りまで（まあ、センスはもうひとつながらも）、自分でやっちゃう人なんですが、古い家を丸々リフォームするのも、水回りなどのプロしか手を入れられない部分以外は、やろうと思えばできると思うし、いずれ本当に実現するつもりです。

そんな高原の夢に、イギリス風味のファンタジー要素を少々取り入れてできあがったのが、今作「失恋オーナーは魔法使いの愛にほころぶ」です。

　作中でも少し触れていますが、イギリスでは昔から「家屋敷にも人間同様に生命がある」と考えられており、たとえばヴィクトリア朝より古い時代の建物も、なるべく取り壊さず、大切に保存され、なおかつ実際に活用されているそうです。貴族の立派なお屋敷とか、美術館や記念館になるような名建築だけではなく、ふつうの人が生活をする町中の建物も、日々のメンテナンスを欠かさずに、丁寧に住み続けられているんだとか。

　なのでおそらく、古いならわしに従って生きる魔法使いや魔女ともなれば、「家屋敷を生命あるものとして大切にする」習慣も一層厳格に守られていて、古くて荒れた家屋敷の再生を専門にしている人も、きっといるに違いない！　という発想から、ヒューバート・クレイトンというキャラが生まれました。まだ若くて超美形の彼ですが、時には埃《ほこり》まみれに汚れる仕事も厭《いと》わない、プロとしての矜持《きょうじ》を持つ仕事人間的な性格になったのは、そういう事情からです。

　カップルのもう一方の航《わたる》くんは、曾《そう》祖母からイギリス人魔女の血を引いているという以外は、あまり特筆することのない大人しい子です。自覚的なゲイではあるものの、それを声高に主張するというのではなく、世の中の片隅でひっそりと生きることを望むタイプですね。あえて挙げれば、ヒューバートのような「けなげで可哀想な人」に惹《ひ》かれやすい、男性ながら母性の強い性格で、料理上手で人の世話が好き、というのが特徴かな。

なので作中では、高原のもうひとつのあこがれ、薪《まき》（ないし石炭）で料理をする古風なオーブンをフル活用してもらいました。これもまた、古き良きものを愛するイギリスでは、今もあちこちで大切に使われているのだそうです。恋人がそれで作った手料理を振る舞ってくれるのは、古きを愛する魔法使いのヒューバートにとっては、たまらなくうれしかったことでしょう。

　さてさて、素敵なイラストのことにつきましても、ひとくさり述べさせていただきましょう。

　古澤《ふるさわ》エノ先生に描いていただくのは、実は高原にとっては二度目です。一度目にご一緒した「黒猫紳士《くろねこしんし》と癒《いや》しのハーブ使い」のときも、イギリス人魔法使いが登場するお話でしたので、「シュッとした二枚目の不思議系イギリス紳士」を描いていただくのも二度目です。

　手前味噌《てまえみそ》ながら、古澤先生の、華麗《かれい》ながらも可愛《かわい》くてぬくもりのある絵柄は、「美形のイギリス人が登場する、ほっこり生活系ファンタジー」によく似合うと思います。今この文章を書いている段階ではまだラフをいただいたばかりですが、その確信は正解だったと狂喜乱舞しております。お骨折りいただきました担当Kさま、ありがとうございました。

　そして古澤先生。改めまして、またお仕事のご縁が繋がったこと、そして今回も心のこもった素敵なお仕事をしていただきましたこと、ここに衷心《ちゅうしん》より感謝申し上げます。

それでは、悪疫《あくえき》の災禍《さいか》鎮まらぬ中ではありますが、この本を手に取ってくださった方々のご多幸とご健康をお祈りして。

令和三年十一月末日

高原いちか　拝

愛されうさぎととろけるクリームティー《あいされうさぎととろけるくりーむてぃー》

高原いちか
イラスト：金ひかる

定価957円

ある事件を機に故郷・イギリスから遠く離れた日本で暮らすノエルは、うさぎ獣人であることを隠しながら、ホテル「ナーサリーライム」のティールーム「十月のうさぎ」で給仕長を務めている。しかし常連客以外が足の運びにくいホテル経営は悪化の一歩を辿っており、それを立て直そうと、オーナーの的場がアメリカの大手ホテルグループから大神という男を引き抜いてくる。ティールームの方針について対立するノエルと大神だが、互いの情熱を認め合い徐々に打ち解けていく。さらに、大神の優しい一面を知ったノエルは日に日に惹かれていき――…。

リンクスロマンス大好評発売中

白銀の獅子王と祝福のショコラティエ《はくぎんのししおうとしゅくふくのしょこらてぃえ》

高原いちか
イラスト：サマミヤアカザ

定価957円

世界的に有名なショコラティエ・氷見湊は、九歳の時祖父が所有する古都のビルで不思議な体験をした――。ビルのエレベーターの蛇腹扉の向こうにはエーアトベーレン王国という異世界が広がり、湊はそこからやってきたライオンの獣人王子・アルトリートとひと夏を一緒に過ごした。しかし別れの日、湊は寂しさからひどい言葉をぶつけてしまう。そんな別離から二十年、国王になったアルトリートと再会するが、邂逅を喜ぶことなく敬遠され、さらに王家が抱える問題も知らされる。二十年前の後悔もあり、湊はアルトリートの役に立ちたいと考えるが…？

蝕みの月《むしばみのつき》

高原いちか
イラスト：小山田あみ

定価940円

画商を営む汐月家三兄弟——京、三輪、梓馬。三人の関係は四年前、目の病にかかり自暴自棄になった次男の三輪を三男の梓馬が抱いたことで、大きく変わりはじめた。養子で血の繋がらない梓馬だけでなく、二人の関係を知った長男の京までもが、実の兄弟であるにもかかわらず三輪を求めてきたのだ。幼い頃から三輪だけを想ってくれた梓馬のまっすぐな気持ちを嬉しく思いながら、兄に逆らうことはできず身体を開かれる三輪。実の兄からの執着と、義理の弟からの愛情に翻弄される先に待つものは——。

リンクスロマンス大好評発売中

蝕みの月 ～深淵～《むしばみのつき ～しんえん～》

高原いちか
イラスト：小山田あみ

定価957円

画商を営む汐月家の三兄弟——京、三輪、梓馬。三人の関係は、次男の三輪を義弟の梓馬が抱いたことで変わりはじめた。弟たちの関係を知った兄の京までもが、三輪の身体を求めてきたのだ。赦されない禁忌を犯していると知りつつも、昏い願望に抗えず閉ざされた世界で歪んだ愛を育むことを選んだ三人。だが背徳の悦びを浴びた蜜月も束の間、三輪が事故に遭って記憶を失ってしまい——…。

喪服の情人

もふくのじょうにん

高原いちか

イラスト：東野 海

定価957円

透けるような白い肌と、憂いを帯びた瞳を持つ青年・ルネはある小説家の愛人として十年の歳月を過ごしてきた。だがルネの運命は、小説家の葬儀の日に現れた一人の男によって大きく動き始める──。亡き小説家の孫である逢沢が、思い出の屋敷を遺す条件として、ルネの身体を求めてきたのだ。傲慢に命じてくる逢沢に喪服姿のまま乱されるルネだが、不意に見せられる優しさに戸惑いを覚え始め──…。

リンクスロマンス大好評発売中

妖鳥の甘き毒

ようちょうのあまきどく

高原いちか

イラスト：東野 海

定価957円

王家の傍系である周家と、武官の家である檀家の勢力争いが繰り広げられる大国・白海国。周家の当主・西苑は、明晰な頭脳と美貌で若くして政を取り仕切っていたが、一方で身分を隠し夜の街で男を漁る淫らな顔を持っていた。だがある日、西苑はその秘密を敵対する檀家の季郎に知られてしまう。若い獅子のような獰猛な光を放つ季郎に、「黙っている代わりに、俺に抱かれろ」と傲岸不遜に告げられた西苑は、強引に身体を開かれるが──…。

LYNX ROMANCE

小説原稿募集

リンクスロマンスではオリジナル作品の原稿を随時募集いたします。

募集作品

リンクスロマンスの読者を対象にした商業誌未発表のオリジナル作品。
（商業誌未発表のオリジナル作品であれば、同人誌・サイト発表作も受付可）

募集要項

＜応募資格＞
年齢・性別・プロ・アマ問いません。

＜原稿枚数＞
４５文字 ×１７行（１枚）の縦書き原稿、２００枚以上２４０枚以内。
※印刷形式は自由。ただしＡ４用紙を使用のこと。
※手書き、感熱紙不可。
※原稿には必ずノンブル（通し番号）を入れてください。

＜応募上の注意＞
◆原稿の１枚目には、作品のタイトル、ペンネーム、住所、氏名、年齢、電話番号、メールアドレス、投稿（掲載）歴を添付してください。
◆２枚目には、作品のあらすじ（４００字～８００字程度）を添付してください。
◆未完の作品（続きものなど）、他誌との二重投稿作品は受付不可です。
◆原稿は返却いたしませんので、必要な方はコピー等の控えをお取りください。
◆１作品につき、ひとつの封筒でご応募ください。

＜採用のお知らせ＞
◆採用の場合のみ、原稿到着後６カ月以内に編集部よりご連絡いたします。
◆優れた作品は、リンクスロマンスより発行させていただきます。
原稿料は、当社既定の印税でのお支払いになります。
◆選考に関するお電話やメールでのお問い合わせはご遠慮ください。

宛先

〒151-0051
東京都渋谷区千駄ヶ谷４−９−７
株式会社　幻冬舎コミックス
「リンクスロマンス　小説原稿募集」係

この本を読んでの
ご意見・ご感想を
お寄せ下さい。

〒151-0051
東京都渋谷区千駄ヶ谷4-9-7
(株)幻冬舎コミックス　リンクス編集部
「高《たか》原《はら》いちか先生」係／「古《ふる》澤《さわ》エノ先生」係

リンクス ロマンス

失恋オーナーは魔法使いの愛にほころぶ

2021年11月30日　第1刷発行

著者……………高《たか》原《はら》いちか
発行人…………石原正康
発行元…………株式会社　幻冬舎コミックス
〒151-0051　東京都渋谷区千駄ヶ谷4-9-7
TEL 03-5411-6431（編集）
発売元…………株式会社　幻冬舎
〒151-0051　東京都渋谷区千駄ヶ谷4-9-7
TEL 03-5411-6222（営業）
振替00120-8-767643
印刷・製本所…株式会社　光邦
検印廃止

ISBN978-4-344-84952-5 C0293
Printed in Japan

幻冬舎コミックスホームページ　https://www.gentosha-comics.net